Oeste Serie: Libros 1-3

La ultima de los Draycen

Colección romántica y erótica de libros en Español, sobre sexo y fantasia

LA PRISIONERA DEL DRAGÓN

La serie de El libro del Clan–Libro-1

Por: Lea Larsen

Índice:

Capítulo Uno.. 6
Capítulo Dos 27
Capítulo Tres 42
Capítulo Cuatro 53

Capítulo Uno

Este definitivamente no era su tipo de ambiente.

Alana Morgan se sentó en el bar mientras decenas de borrachos y personas sudorosas se apretujaban a su alrededor. Girando y mezclándose al ritmo de esa típica y aburrida música de club nocturno, con molestos ritmos monótonos que hacían imposible que alguien pudiera siquiera escuchar sus propios pensamientos, ni hablar de poder conversar normalmente.

Alana sabía que no fue buena idea haber ido al club, pero ella no tenía nada mejor que hacer. Estaba cansada de pasar todas las noches sentada sin hacer nada en su cuarto mientras las otras muchachas que vivían en el mismo piso, e incluso su compañera de habitación, salían a pasarla bien en el pueblo. Ella estaba cansada de solo leer libros o ver películas mientras comía falafel en un triste y solitario envase de comida para llevar.

Así que, cuando su compañera de cuarto dijo que era el cumpleaños de una amiga, y un grupo de ellas iba a un club llamado La Guarida del Dragón, Alana le preguntó si podía acompañarlas. Ahora, como era de esperar, su compañera de cuarto la había abandonado para irse a bailar con un chico de aspecto algo descuidado, que conoció en el bar. Las otras chicas con las que habían venido habían hecho lo mismo. Y Alana, ahora, se encontraba sentada en el bar. Sola.

De haber sabido que de todos modos se iba a sentir tan sola, habría tomado la decisión de quedarse en el dormitorio, ya que, pensándolo bien, al menos allí tenía falafel y sus fieles libros de fantasía para consolarla. Aquí, no había nada. Nada más que extraños mirándola de forma bastante incómoda y la ocasional mirada de algún borracho del otro lado de la barra, tratando de ser un Don Juan.

Dos de los tipos típicos que frecuentan esos bares se habían ofrecido a comprarle una bebida y uno de ellos la invito a bailar. Ella rechazó todas y cada una de las ofertas.

Honestamente, sabía que debía, como mínimo, hacer un esfuerzo por pasarla bien. Sin embargo, todos los hombres que parecían interesados en ella le dieron un aire de ser violadores empedernidos. Sin mencionar que ninguno de ellos era lo que ella consideraría un hombre atractivo.

Todos los hombres que se habían acercado a ella eran del tipo de hombres que usan pantalones holgados, como cantantes de Rap, o usaban lo que Alana llamaba "el peinado clásico de asesino en serie".

No es que no hubiera chicos guapos en este club. A decir verdad, llevaba casi una hora mirando al atlético pelirrojo que estaba sentado en la barra. Esperando que él pudiera captar su mirada y acercarse a ella.

Desafortunadamente, el parecía más interesado en ver a su compañero fracasar en sus intentos de cortejar a un par de muchachas que parecian, al menos al criterio de Alana, como dos súpermodelos.

Ella vio a al pelirrojo sonreír levemente cuando su amigo, un chico bajo y delgado con cabello largo y castaño, fue rechazado por un par de (lo que Alana supuso que eran) hermanas gemelas rubias.

Ella no pudo reírse por los graciosos intentos del chico de cabello castaño. Claramente, él no sabía que las chicas que trataba, tan desesperadamente, de conquistar estaban muy fuera de su liga.

Alana pudo inferir que esa era la razón por la que los tipos de aspecto desagradable iban por ella en lugar de por las que parecían supermodelos de catálogos de ropa interior. Seguramente, ellos asumían que Alana era un objetivo más accesible, una apuesta más segura.

No es que ella no fuera una muchacha con cierto atractivo. Su cuerpo estaba bien proporcionado, de estatura media, y sus brillantes ojos azules le valieron muchos cumplidos en el pasado. Pero, había algunas pecas aún en su nariz (incluso a la edad de diecinueve años) y todavía tenía una pequeña pizca de grasa, de cuando era niña, en sus mejillas, transmitía una vibración, más de ser una chica común que una despampanante modelo secreta de Victoria's Secrets.

Y, en su limitada experiencia en clubes como este, los tipos no van detrás de la chica más sexy del lugar. Van detrás de la chica más guapa con la que crean poder tener una oportunidad.

Pero, los hombres como el pelirrojo, con su estilizado corte de cabello, sus rasgos, que parecían casi cincelados en su rostro y sus abdominales bien definidos, que se mostraban muy bien debajo de su ajustadísima camisa blanca, podían conseguir a cualquier chica que quisieran. Alana estaba segura de que, si lo intentaba, podría tener comiendo de la palma de su mano a las chicas que su pequeño amigo trataba en vano de conquistar. A pesar de eso, parecía completamente desinteresado.

Alana no podía evitar estar intrigada por eso. Tomó un sorbo del trago "Confort Sureño" que había pedido y se inclinó para detallarlo un poco más de cerca. Cuando él volvió sus ojos hacia ella, pudo sentir como un rubor avergonzado subía rápidamente por su rostro. Su mente comenzó a buscar frenéticamente otros sitios para fijar disimuladamente su mirada. Sitios que hicieran parecer que ella no lo estaba mirando.

Entonces él le sonrió. Su corazón comenzó a latir con fuerza en su pecho mientras él levantaba su bebida en dirección a ella, en señal de saludo. Ella sintió que se aceleraba incluso más, mientras lo veía levantarse de su taburete y caminar alrededor de la barra hacia donde ella estaba sentada.

Cuando él se detuvo frente a ella, se dio cuenta que apenas podía respirar.

"Hola", dijo en voz alta para poder hacerse escuchar sobre la música. "¿Puedo comprarte otro?"

Ella miró su hipnótica sonrisa e hizo todo lo posible por sonreírle mientras se aclaraba la garganta.

"Claro," logró tartamudear.

"¿Qué estás bebiendo?" Preguntó. Podía escuchar un acento galés en su voz. Lo cual no era inusual, ya que estaban en Gales. Pero, en una nación tan pequeña y con la Universidad de Cardiff tan cerca, era común escuchar todo tipo de acentos en clubes nocturnos como este.

"Confort Sureño", dijo ella. Él le regalo una juguetona risa.

"Tiene sentido", dijo.

"¿Por qué?" Preguntó ella, intrigada.

"Bueno, eres estadounidense, ¿verdad?", Preguntó.

"¿Cómo lo adivinaste?" Preguntó sarcásticamente. Estaba acostumbrada a que le preguntaran por su acento. Normalmente eran tipos desagradables que le decían que debía ser sumamente sensual tener tantas personas interesadas en saber si era verdad o no que en América todo el mundo tenía un arma. Aparentemente los británicos sentían una gran fascinación por el país de origen de Alana.

"Supongo que tengo buen oído para ese tipo de cosas", dijo de forma tajante. Luego, se volvió hacia la barra y le hizo una señal al camarero. Mientras el pedía otra bebida, Alana no podía evitar mirarlo un poco más para detallarlo mejor.

Era alto. Al menos unos centímetros por encima del resto del resto de las personas en el club. Su impactante cabello rojo y su cuerpo bien tonificado lo hacían sobresalir sobre el resto de los hombres. Y, mientras lo observaba desde el bar, Alana captó una hermosa vista de su retaguardia. Esa imagen era algo más impresionante.

De repente sintió ese rubor recorrerla de nuevo cuando una sensación se apoderó de ella, una sensación que no había experimentado en mucho tiempo.

El barman deslizó la bebida a través de la barra hacia el hombre pelirrojo quien la atrapó hábilmente. Se volvió hacia Alana y le regaló una sonrisa que hizo que ella se derritiera de adentro hacia fuera, lentamente, como el chocolate en medio de un "s'more".

Tragó saliva e hizo todo lo posible por sonreírle de la manera casual y segura que había visto a otras chicas en el bar, cuando les sonreían pícaramente a los hombres. Al final, tuvo miedo de que sus intentos se vieran un poco patéticos. Y si llegaron a verse así, el pelirrojo no pareció alterarse.

"Dime" Dijo con voz llena de confianza. "¿Cómo es que una buena chica americana como tú termina en un sucio club en Gales?"

"¿En serio?" Ella no pudo evitar preguntar, con algo de decepción en su voz. "¿Esa es tu línea para buscarme conversación?"

"¿Quién dijo algo sobre una línea?", Preguntó. "Tal vez realmente quiero saber".

"Supongo que es por eso que los chicos compran bebidas para las chicas, ¿verdad?", Preguntó con sarcasmo. "¿Porque quieren conocerlas?"

Tal vez ella estaba teniendo una posición demasiado a la defensiva. Pero, una parte horrible, en el fondo de su mente, la mantenía a la expectativa de algún tipo de trampa. Chicos tan guapos como este sencillamente no se acercaban a ella. Se encontraba totalmente perdida sobre cómo debía comportarse y, cuando esa incertidumbre tomó toda su mente, estar en actitud defensiva se convirtió en su comportamiento por defecto.

El pelirrojo la sorprendió una vez más, al reírse en lugar de ponerse a la defensiva por su actitud.

"Está bien", dijo, con una nota inocultable de diversión en su voz. "Me atrapaste con eso. Y, ya que mi línea no funcionó. ¿Qué tal si empezamos con nombres? Soy Llewelyn. Puedes llamarme Lew."

"Alana", dijo ella simplemente.

"Alana", hizo eco el nombre al salir de otra sonrisa que causó la sensación en Alana de que estaba fundiéndose por dentro. "Encantada de conocerte."

Con lo que ella esperaba era una sonrisa reservada, se dio la vuelta un poco para mirar hacia la parra mientras bebía la bebida que él le había dado. Es cierto que, como era su segundo trago, su cabeza comenzaba a sentirse agradablemente mareada.

"Ahora que tenemos las formalidades fuera del camino", dijo. "Tal vez estés mas dispuesta a responder mi siguiente pregunta".

"¿La de cómo terminé aquí, en este sitio?", Preguntó. "No es muy interesante".

"Lo dudo", dijo sonriendo.

"Estoy estudiando en la universidad de Cardiff", dijo. "Algunas de las chicas de mi dormitorio venían aquí esta noche y decidí ir con ellas".

Al parecer, su intento de ocultar en su voz el arrepentimiento de haber salido había fracasado estrepitosamente. Porque la sonrisa del atractivo pelirrojo se atenuó un poco, siendo antesala al movimiento con que él se acercó un poco más a ella.

"Supongo que esta no fue tu primera opción para pasar la noche", dijo.

"Para ser honesta, realmente pensé que sería buena idea salir ", dijo Alana. "Pero resulta que preferiría mil veces estar de vuelta en mi habitación releyendo *La comunidad del anillo*".

"Trataré de no tomarlo como algo personal", dijo.

"No", le dijo ella. "No eres tú. Simplemente no soy muy social".

"A decir verdad, yo tampoco", dijo. "Todo esto fue idea de mi hermano".

Lew apunto con su cabeza hacia el pequeño hombre de cabello castaño que estaba al otro lado de la barra y que estaba ocupado en otro intento fútil de conquistar otra chica. Esta vez, era una muchacha de aspecto elegante con cabello largo y oscuro y un puchero permanente en sus labios.

"Yo tampoco daría una negativa a la idea de estar acurrucado en este momento en mi cama leyendo algo de Tolkien ", dijo.

Alana trató de ignorar el rubor que recorrió su rostro y pecho apenas cruzo por su cabeza la idea de ese hombre en la cama. En cambio, ella trató de concentrarse en la segunda parte de su comentario. Sin embargo, tratar de concentrarse en algo se estaba volviendo cada vez más difícil. Su cabeza se sentía más dispersa por el momento y el mundo a su alrededor se había vuelto un poco borroso.

"Jamás me hubiera imaginado que eras un fanático de Tolkien", dijo ella, tratando de alejar la sensación cada vez más confusa.

"Nunca juzgues un libro por su portada", bromeó pícaramente.

Continuaron hablando de la trilogía de Tolkien, así como de varios otros libros de fantasía que Alana había leído últimamente. Se sorprendió al enterarse de que Lew había leído algunos de ellos y aquellos que no había leído aun, él parecía muy interesado en conocerlos. Alana estaba comenzando a convencerse de que estaba cayendo enamorada de él.

Aun así, no podía estar segura de si esa sensación de caer era debido al encanto de Lewellyn o era que el alcohol causaba esa sensación de ir literalmente cayendo al vacio.

Aunque, en realidad, estaba segura de que nunca se había sentido tan mareada y confusa después de solo dos tragos.

Para cuando el hermano de Lew se dirigió a ellos, Alana podía mantenerse de pie a duras penas. Pero ella estaba lo suficientemente consciente como para captar las palabras que Lew y su hermano estaban intercambiando.

"¿Qué estás haciendo?", Preguntó el hermano de Lew gesticulando airadamente hacia Alana.

"¿Qué parece que estoy haciendo?", Dijo Lew en voz baja.

"Solo... por favor, dime que no la has marcado", dijo el hermano, con un tono de voz cargado de desespero. Alana entrecerró los ojos mientras trataba de moverse hacia los hermanos. Ahora estaba segura de que lo que estaba sintiendo no era una embriaguez normal. Además, ella necesitaba saber exactamente qué significaba "marcado".

"¿Qué...qué...?" Sintió que sus piernas se colapsaban debajo de ella, incapaces de coordinar sus movimientos, mientras agarraba del brazo de Lew desesperada por encontrar un punto de apoyo. Entonces el giró su mirada hacia ella para verla directamente a los ojos.

"Alana, sólo mantente concentrada en mí", dijo apresurado. "Todo va a estar bien. Lo prometo."

Alana no estaba en condiciones de contradecir lo que le ordenaban. Ella mantuvo sus ojos fijos completamente en los de él. Mientras lo hacía, sus ojos verdes se posaron en ella y, a pesar de la broma que le estaba creando fuertes mareos, ella estaba segura de que podía ver algo diferente detrás de esos ojos verdes, algo intrigante en ellos.

Cuanto más fijaba su mirada en esos ojos, más parecían parpadear velozmente, podría jurar que el iris se movía de lugar. Como las escamas de un gran animal.

Esos inquietos y extraños ojos fueron las dos últimas cosas que vio antes de que el mundo a su alrededor se desvaneciera en esa bruma, alejándose de su vista y sumiendo su consciencia en la más profunda oscuridad.

Capítulo Dos

"Un Arefol! ¡Trajo un Arefol a nuestro Cartref!

Alana oía voces resonando encima de ella. Su cabeza estaba recostada sobre algo blando. Una almohada. Y podía sentir las suaves sábanas alrededor de su cuerpo. Claramente, la habían llevado a algún lugar distinto que el club nocturno.

La voz que había hablado era una que ella reconoció, pero a duras penas. La siguiente voz era mucho más familiar.

"Los textos no especificaban que la chica necesitaba ser una Draig", dijo. "Tampoco nuestro Padre nos lo dijo antes de morir. Todo lo que dijo fue que necesitábamos encontrar una chica. Dos si es posible. Y, ahora, hemos encontrado una".

Alana mantuvo sus ojos cerrados con la esperanza de que, mientras sus captores pensaran que ella estaba inconsciente, hablarían con libertad de sus planes con ella. Ella había sido secuestrada, eso estaba claro. Pero, todavía no tenía la mas mínima idea de por qué. Y, lo que es más, no tenía idea de lo que significaban estas extrañas palabras que estaban usando.

Pudo concluir que, por como sonaban, las palabras, Arefol, Cartref, eran galesas. Se había familiarizado bastante con el idioma después de seis meses de estudiar en esa nación. Por lo menos, ella lo sabía cuando las escuchaba. Pero, no tenía idea de lo que significaban. O lo que tenían que ver con ella.

"De todos modos", dijo una nueva voz femenina. "Ahora que la muchacha está aquí, no podemos permitir que salga. Si lo hiciera, corremos el riesgo de que nos exponga o algo peor". Esta voz era grave, clara y autoritaria. Claramente, esa mujer era la líder de ese grupo.

La primera voz, que Alana pudo identificar que pertenecía al hermano de Lew, lanzaba maldiciones al aire.

"No todo está perdido, Owain", dijo la mujer. "Hemos necesitado una consorte para los hombres del clan durante muchos años. En estos días hay pocas mujeres para ellos. Las elegibles ya han sido seleccionadas para aparearse. Nuestros jóvenes necesitan a alguien para expresar sus... urgentes deseos, así que con una muchacha Arefol bastará.

Alana pudo sentir como su sangre se helaba. Aunque todavía no tenía idea de lo que significaba Arefol o qué o quienes eran el clan, ahora estaba claro qué querían hacer con ella. Querían convertirla en una esclava sexual. Un esclava sexual para algún...culto...raro.

Luchó, desesperadamente contra el impulso natural de abrir los ojos, levantarse de la cama de un salto y tratar de salir corriendo de..., de donde sea que la tuvieran retenida. Se dio cuenta de que tenía que salir de ese atolladero. Y, si iba a hacerlo, tendría que averiguar todo lo que pudiera. Sobre quiénes eran estas personas, dónde estaba ella y qué planeaban hacer exactamente.

"Esa no es la única opción", dijo Lew con firmeza.

"Conocemos tu teoría, Lew", interrumpió Owain. "No..."

"Deja que tu hermano hable, Owain", dijo la mujer con firmeza en la voz. "Recuerda, ahora que tu padre ha fallecido, Lewellyn se convertirá en el líder del clan".

Incluso con los ojos cerrados, Alana podía sentir la tensión en el silencio que se formaba entre las tres personas que hablaban por encima de ella.

"Sí, madre", dijo finalmente Owain. Sin embargo, había una nota bastante definida de resentimiento en su voz.

"La niña es virgen, estoy segura", dijo Lew. Alana sintió que la sangre corría hacia su cara, encendiendo sus mejillas y orejas en un rojo cual brasa, y rezó para que su rubor no se notara. Cómo Lew podía saber tantos detalles de su vida sexual (o ausencia de ella) estaba más allá de su comprensión.

"Los textos indican que el líder del clan puede elegir una muchacha virgen para ser su compañera. No se especifica en ninguna parte si esa chica debe ser una Draig o una Arefol".

"Nadie en el clan se ha apareado con un Arefol", dijo Owain. "Sería casi una blasfemia que el líder del clan lo haga".

"¿Por qué?" Lew preguntó agriamente. "Los textos no dicen nada al respecto"

"¡Piénsalo, Lew!", Dijo Owain. "Es posible que los niños nacidos de una unión de Arefol y Draig ni siquiera puedan sobrevivir. Y si lo hacen, nadie sabe qué habilidades tendrán, si es que siquiera llegasen a tenerlas".

"Entonces, ¿la opción es continuar casándonos con nuestros familiares dentro del clan?", Preguntó Lew. "¿Seguir casándonos con primos hasta que nuestro linaje se degenere y nuestra gente muera por completo? Ya tenemos escasez de mujeres. Se necesita sangre nueva...

"¡Pero no sangre nueva de Arefol!", Insistió Owain.

"¡Basta!" Insistió su madre. Los chicos dejaron de pelear de inmediato.

"Todavía quedan cuatro semanas hasta la coronación de Lewellyn. Vamos a mantener a la muchacha aquí con nosotros hasta entonces. El día de la luna llena, él decidirá cuál es el mejor modo de proceder".

—Pero madre... —empezó a decir Owain.

"Él será el líder del clan", dijo la Madre. "Es su decisión. Solo espero que lo consideres con cuidado, Lewellyn. Hay mucho en juego, como para que nuestra familia apueste todo nuestro futuro debido a tu pasión por una niña bonita".

Hubo un breve silencio. No era tan pesado como el que lo precedió, pero todavía está lleno de significado, las palabras de la madre resonaban en la mente de ambos hermanos.

"Por supuesto, madre", dijo Llewellyn.

"Eso está resuelto entonces", dijo la madre. "Owain y yo te dejaremos solo ahora".

Alana escuchó detalladamente los pasos mientras la madre y Owain se alejaban de su cama. Un chasquido revelador de la puerta le dijo que habían abandonado la habitación.

Ahora que se habían ido, Alana se arriesgó y abrió los ojos. Cuando lo hizo, pudo observar esos ojos verdes mirándola fijamente. Se veían tan encendidos y vivos como los tenía en el club nocturno. Justo antes de que ella cayera al suelo pegajoso del local.

"¿Dónde estoy?" Preguntó Alana.

"Estas a salvo. Eso es todo lo que necesitas saber ", dijo. "Por el momento".

"¿Por qué me trajiste aquí?", Preguntó con voz inquisidora, enmascarando sus miedos.

"Es complicado", le dijo a ella. "Y no estás en las mejores condiciones de poder comprender la situación, no por el momento".

"Cierto", respondió Alana con sarcasmo y llena de ira. "Supongo que tener una cita que termina con beber una droga de violación te hace ese tipo de cosas".

Ahora, cuando el miedo se estaba disipando, una oleada de ira comenzó a elevarse hasta su pecho y se mezclaba con los latidos de ansiedad de su corazón.

"Lo siento, no tuve otra opción que engañarte", dijo. Aunque sonaba genuino, Alana se obligó a no sentirse conmovida. Sus brazos permanecieron cruzados sobre su pecho marcando una fría distancia entre ellos y sus ojos se enfocaron en él mirándolo sombríamente, llenos de reproches.

"Créeme, no lo hubiera hecho ni en un millón de años de haber existido otra manera", dijo.

"¿Otra forma de hacer qué, exactamente?" Preguntó Alana. Mantuvo la fiereza en su tono de voz mientras revisaba y analizaba el contenido de la habitación en la que estaba. Era gigantesca bajo cualquier estándar. Parecía más un apartamento que un simple cuarto. Podía ver un toldo sobre su cama, un armario a su derecha. Había un cómodo sofá justo debajo de una ventana alta y grande. Y, justo al lado de eso, lo que parecía ser su único medio de escape. Una puerta.

"Como venía diciendo", le dijo Lew a ella. "Te lo explicaré tan pronto como sea debido. Por ahora, debes quedarte tranquila en esta habitación.

"¡Al diablo con eso!" Dijo ella. "No puedes obligarme a quedarme aquí. La gente se dará cuenta si desaparezco por mucho tiempo...

"Ambos sabemos que eso es mentira", dijo Llewellyn. Alana sintió que su rostro palidecía por la sorpresa. Quería preguntarle cómo lo sabía. Cómo él podía saber que ella estaba mintiendo. Pero, tenía la sensación de que él había conseguido esos conocimientos de la misma manera que descubrió que ella era virgen.

Claramente, él sabía sobre su pasado. Sabía que sus padres habían muerto en un accidente automovilístico hacía cinco años. Sabía que la tía y el tío con los que había ido a vivir en Londres tenían poco tiempo para ella y no le prestaban atención. Sabía que aún no tenía amigos en la universidad.

Él estaba en lo cierto. Nadie se daría cuenta o le importaría si desaparecía de la faz de la tierra en ese preciso instante.

Dejó que ese pensamiento deprimente se hundiera antes de enderezarse y probar otra táctica y así obtener información.

"¿Al menos me dirás por qué no se me permitirá salir de esta habitación?", Preguntó ella cruzando los brazos sobre su pecho. Lewellyn dejó escapar otro suspiro y puso la mano en el poste de la cama cuando se volvió hacia ella.

"Por ahora, basta con decir que hay... algunos individuos en este lugar que no serán tan amables contigo si sales sola".

Él la miró con una expresión que era bastante seria. Cuando sus ojos miraron los de ella, fue como si el hecho de que ella se quedara resguardada, en esa habitación, era una cuestión de vida o muerte. La expresión provocó ráfagas de miedo que sacudieron las extremidades de Alana mientras sentía que su corazón latía con un frenético y veloz ritmo.

"¿Qué tipo de individuos?", Preguntó en voz baja y dubitativa.

"Ya verás, eventualmente", respondió. "Por ahora, por favor descansa un poco".

Ella lo miró por un largo rato, sus brazos aún se mantenían cruzados antes de llegar a la conclusión que ahora, cuando estaba sola con Lew, era su mejor oportunidad para salir de la habitación. Para ver lo que realmente estaba pasando.

"¿Y qué pasa si quiero ver ahora?", Preguntó.

Antes de que él pudiera decir algo más, ella se levantó de la cama y marchó con gran seguridad hacia la puerta. Apenas había caminado unos metros antes de que una mano suave pero firme la agarrara de la muñeca y la jalara de vuelta.

Cuando volvió a mirar a Lewellyn, sus ojos estaban desesperados, casi temerosos, sin saber si el temor era por él... o por ella. Eso hizo que su corazón latiera aún más rápido.

"Alana, por favor", dijo. "Debes prometerme que nunca saldrás sola".

"¿Qué me pasará si lo hago?", Preguntó en voz baja.

"Sólo prométemelo".

Sus dos manos estaban agarradas a las de ella ahora y la expresión suplicante en su rostro era más que palpable, demasiado honesta.

"Bien", dijo a regañadientes. "Lo prometo."

"Bien", respondió él con un suspiro de alivio. La llevó de vuelta a la cama y la acostó debajo de las sábanas. Cuando él movió las mantas a su alrededor, se dio cuenta de que era la primera vez en mucho tiempo que alguien había tenido la delicadeza de acostarla, tal como hacían su padres, tal como haría un familiar amoroso.

Cuando su cálida mano rozó su hombro, un estremecimiento palpable y agradable recorrió su cuerpo. Eso, ciertamente, nunca había sucedido cuando sus padres solían acostarla.

"En la mañana te traerán el desayuno", dijo. "Así como algo de ropa nueva".

Ella lo miró y trató de hablar, pero ninguna palabra parecía poder articularse en su boca. En su lugar, asintió para dar a entender su comprensión la propuesta. Y él casi se alegró de ver su expresión suavizarse cuando lo hizo.

Alana contuvo el aliento cuando Lewellyn se inclinó sobre ella, se aproximo a su rostro y le dio un suave y duradero beso en la frente.

"Buenas noches, Alana", susurró, apartándose.

Ella también trató de decir buenas noches, trató de expresar algún tipo cortesía o gesto amable. Pero, cuando miró sus ojos verdes, descubrió que, una vez más, las palabras la abandonaron. En cambio, ella asintió una vez más.

Él se alejo de la cama, manteniendo sus ojos fijos en ella hasta que llegó a la puerta de la habitación y apagó la luz.

Cuando Alana se durmió, descubrió que los últimos pensamientos que tenía eran para Llewellyn y el beso que aún ardía en su frente como una marca.

Capítulo Tres

Cuando se despertó esa mañana, tal como le habían prometido, el desayuno estaba listo para ella junto a su cama. Dos huevos algo duros, salchichas, frijoles al horno, tomate frito y tostadas, junto con un café. Era un desayuno más pesado de lo que ella se había atrevido a comer la mañana anterior. Pero tuvo la sensación de que estas personas, quienesquiera que fueran, eran muy tradicionales. Y esto era lo que llamaban un desayuno galés completo tradicional.

Mientras ponía los pies en el suelo y trataba de agarrar un pan tostado, un pequeño trozo de papel llamó su atención. Lo agarró y lo desdobló para encontrar una nota con una letra cursiva ordenada.

Alana, - comenzaba-.

Espero que te estés sintiendo mejor esta mañana. Hay ropa limpia para ti en el armario, el baño esta en el cuarto al lado derecho de la cama. Ahí tendrás una ducha y una tina para que puedas asearte con comodidad. Además, coloqué un pequeño regalo para ti en el estante de libros al lado de la ventana, piensa en ello como mi manera de decir "Discúlpame". Espero con ansias verte pronto.

-Lew

Tras leer la nota, Alana aún trataba de estar enojada con él. ¿Cómo podría no estar enojada con un hombre que le había colocado Rohypnol en su trago y la había secuestrado? Pero cuando ella miró hacia abajo a este deliciosamente oloroso desayuno y pensó en toda la molestia que él, obviamente, tuvo que haber pasado para poder conseguirle ropa limpia e incluso dejarle un regalo, cada vez era más difícil mantenerse enojada.

El regalo despertó su curiosidad más que cualquier otra cosa. Dejando su tostada en el plato y colocando sus pies en el piso, se dirigió hacia la estantería. Allí, no pudo evitar la sonrisa venidera que cruzaría su rostro.

La gran estructura, con cuatro estantes llenos de libros antiguos y bellamente encuadernados, parecía contener cada volumen que había mencionado a Lewellyn la noche anterior. La biblioteca completa de Tolkien estaba allí, al igual que la C.S. Lewis, JK Rowling, Neil Gaiman y algunos otros autores que ella aun no conocía pero que parecían prometedores.

Se vistió y se aseo tan rápido como pudo. La ropa era tan impresionante como lo habían sido los libros, aunque llamaban menos la atención de Alana. Vestidos de diferentes longitudes, hechos de seda fina y hermoso lino, colgaban elegantemente en su armario. Ella escogió el más simple que vio, un vestido azul pálido.

Una vez que estuvo vestida, corrió hacia los libros e inmediatamente seleccionó uno de los más nuevos que estaba ansiosa por leer. Se acomodó en el asiento de la ventana y, mirando hacia afuera, se distrajo de inmediato con un hermoso castillo de piedra en ruinas.

La torre todavía estaba intacta y se alzaba con sus piedras blancas puras brillando contra el sol de la mañana. El resto de la estructura era de color musgo y notablemente afectado por el paso del tiempo. Se parecía mucho al tipo de cosas que uno podría encontrar en una novela de fantasía y Alana se encontraba ansiosa por explorarla.

Pero entonces recordó la advertencia de Lewellyn.

La mirada llena de preocupación que había cruzado sus ojos la noche anterior. Ella sabía que, fuera lo que fuera lo que hubiera causado esa mirada, lo asustaba. Y, si un hombre tan duro como Lewellyn parecía estar temeroso de algo, lo más probable es que hubiera una buena razón para ello.

Entonces, hizo todo lo posible por ignorar el castillo para concentrarse en sus libros. No fue hasta poco antes del mediodía que el movimiento en el terreno debajo de ella, visible perfectamente desde la ventana, llamó su atención. Miró hacia abajo para ver que un pequeño grupo de jóvenes se dirigían hacia el castillo en ruinas. Y, lo que más le llamo la atención, los jóvenes estaban sin camisa.

Alana cedió a sus impulsos más básicos y dejó a un lado el libro que estaba leyendo, decidiendo en cambio, mirar a estos atléticos jóvenes.

Todos ellos eran musculosos. Algunos estaban bien bronceados, otros eran más pálidos. Todos parecían compartir un tatuaje rojo a juego estampado en sus espaldas. Desde la distancia, parecía una especie de gran serpiente.

Algunos tenían el pelo rubio, otros tenían el pelo oscuro. Solo había una cabeza de pelo rojo que resaltaba notablemente en el grupo. Esa cabellera le pertenecía a Lewellyn. Su torso era uno de los pálidos del grupo. Pero, aún así, el brillo de la luz del sol en su cuerpo musculoso causó una sensación de hormigueo en el pecho de Alana que estremeció directamente el núcleo de su ser.

Vio como los hombres se reunían en un círculo. Al parecer, realizando algún tipo de ritual. Apenas podía distinguir a Lewellyn cuando este comenzó a hablar con el grupo. Su curiosidad hizo que deseara desesperadamente poder oír las palabras que se decían.

Fue entonces cuando una idea le llego de golpe. Ella podría oír las palabras, solo tenía que acercarse lo suficiente. Después de todo, Lewellyn no le había prohibido abandonar la habitación por completo, solo le había prohibido dejar la habitación sola. Y el castillo estaba a solo unos pasos de la casa donde estaba su habitación y, una vez que llegara al castillo, ya no estaría sola. Lewellyn estaría allí.

Llena de valiente decisión, abrió la puerta de su cuarto y corrió por su derecha escaleras abajo. Cuando llegó a la puerta exterior, la abrió tan silenciosamente como pudo y se dirigió al exterior.

El sonido de unos cantos llenó el aire mientras Alana encontró un arbusto cerca del castillo lo suficientemente grande como para esconderse detrás. Desde allí, podía ver a los hombres a través de las piedras en ruinas mientras ellos cantaban esa extraña melodía.

Eran cantos en galés, ella lo sabía, aunque no podía distinguir las palabras. La melodía se sentía antigua, como si hubiera sido creada siglos antes.

De repente, las voces se detuvieron por completo. Ella observó cómo cada uno de los hombres cerraba los ojos, cada uno haciéndolo por turnos. Se agarraron de las manos y, al unísono, soltaron un gran grito que resonó a lo largo de los verdes acantilados que nos rodeaban.

Alana gritó y salto hacia atrás cuando los hombres que estaban delante de ella desaparecieron y fueron reemplazados por grandes dragones rojos.

Las criaturas, para quienes Alana aparentemente seguía pareciendo desapercibida, surcaron el cielo y comenzaron a elevarse elegantemente sobre el castillo en ruinas, los acantilados y los árboles.

Los pies de Alana se sentían como si estuvieran hechos de plomo. Pesados y congelados al piso donde ella estaba parada. Podía sentir su corazón latiendo fuertemente dentro de su pecho como si estuviera a punto de explotar. Mantuvo la vista fija en los dragones que giraban en círculos sobre el castillo y se quedó sin aliento cuando uno de ellos descendió en picada por el acantilado donde se encontraban la casa y el castillo.

Sin darse cuenta comenzó a mover sus pies, Alana salió apresuradamente de los arbustos y se dirigió hacia el lugar donde había desaparecido el dragón que había visto previamente.

Tan pronto como lo hizo, pudo ver por el rabillo del ojo otro dragón que llamó su atención. Cuando dirigió su mirada hacia el dragón, se dio cuenta de que este estaba volando directamente hacia ella. Tenía en su rostro una expresión casi humana, llena de malevolencia, con humo saliendo amenazadoramente de sus fosas nasales.

No había duda ahora. La criatura la había visto.

Capítulo Cuatro

Con otro grito, Alana se tiró al suelo. La adrenalina hizo que apenas sintiera la roca en la que había aterrizado que golpeó y le cortó la mejilla antes de volverse a incorporarse y comenzar a correr de nuevo.

Enormes garras se le acercaban, moviéndose sobre ella como las garras de un gato atrapando un ratón bajo su mirada.

Su estómago sintió un extraño vacio cuando sintió que se levantaba completamente del suelo. Ella estaba siendo atrapada. Sintió la gran garra del dragón debajo de ella, clavándose y cortándole la espalda mientras él dragón parecía agarrarla por completo con sus zarpas.

Miró hacia abajo mientras pasaban por encima de la gran mansión de campo donde ahora vivía y se elevaron a un lugar cerca de la parte trasera de la casa. Lejos del castillo y de las otras criaturas.

El primer instinto de Alana mientras yacía allí en las zarpas de este animal era pedir ayuda. Pero, su voz la había abandonado por el miedo. Y, además, no había nadie que la pudiera escuchar, excepto los otros dragones que había visto.

Cuando la bestia que la llevaba comenzó a frenar su vuelo, notó que estaban llegando al suelo. Cuando tocaron la hierba detrás de la gran mansión, se pudo sentir un gran golpe, Alana dejó salir un pequeño grito por la sorpresa cuando se liberó del agarre de la bestia y cayó sobre la hierba de abajo.

La criatura se apartó de ella y se movió a un lugar a pocos metros a la izquierda. Ella vio como cerraba los ojos y lentamente, comenzó a estremecerse. Un minuto después, vio a Lewellyn de pie ante ella, respirando pesadamente como si hubiera corrido una gran distancia, y agarrando el costado de su cuerpo.

Alana se quedó de pie, mirándolo fijamente, sin estar muy segura de qué decir. Todavía no estaba segura del todo de poder decir algo, incluso si lo intentara.

Finalmente, él la miró directamente. Él le dirigió una mirada sombría que ella nunca había visto en el, mientras caminaba, con un tenso semblante. Por primera vez, ella le tenía miedo.

Él la tomó por la muñeca pero no precisamente con suavidad, mientras la llevaba a la puerta trasera de la casa. Una vez dentro, la llevó del brazo hacia la escalera, pero, antes de subir, él la agarro por los hombros y la empujó bruscamente contra la pared.

"¿Qué demonios pensabas que estabas haciendo?", preguntó lleno de ira. Lewellyn podía sentir su corazón latiendo con fuerza. No estaba seguro si su taquicardia provenía del enojo, del miedo por el bienestar Alana, del dolor del cambio o de una extraña combinación de los tres.

"¿Qué-qué fue eso? ¿Qué son-?"

"Te das cuenta de que pudiste haber muerto", dijo Lew, ignorando los tartamudeos de Alana provenientes de su gran sorpresa. "Si alguien distinto a mí te hubiera visto primero, te habrían matado sin dudarlo en dos minutos o peor".

"¿Cómo puedes... puedes cambiar?", dijo Alana finalmente, sonando extrañamente triunfante por haber logrado ordenar una oración, aunque todavía sin aliento, "Yo... quiero decir que puedes cambiarte a..."

"En un dragón, sí", dijo Lewellyn a regañadientes, con matices ocultos de molestia en su voz.

"¿Cuándo pensabas contarme eso?" Preguntó Alana.

"Cuando estuvieras preparada.", dijo Lew. "No lo estas todavía. Debiste haber esperado."

"Si me hubieses dicho la verdad desde el principio, no habría tenido que esperar", dijo ella, con toda la firmeza que pudo acumular, aunque su voz aún sonaba algo trémola.

Él retiró sus manos de los hombros de la muchacha, para pasarse una mano por la cara, mirando alrededor de la escalera abandonada como si tuviera la esperanza desesperada de que alguien apareciera y le dijera qué debía hacer a continuación. A decir verdad, deseaba que su padre estuviera presente, que estuviera ahí con él para darle el consejo que tan desesperadamente necesitaba. Pero, él sabía que, debido a la ausencia de su padre, le correspondía a él tomar las decisiones más difíciles.

"¿Vas a decirme toda la verdad ahora?", preguntó Alana. Cuando Lewellyn se giró hacia ella, vio que el rostro de la muchacha se volvía osco mientras le recriminaba con una dura mirada. Esos bellos ojos azulados, generalmente tan anchos e inocentes ahora estaban llenos de una resolución firme. Ella, claramente, no aceptaría de él nada menos que toda la verdad.

"Sí", dijo Lew, cediendo finalmente, a regañadientes. Alana sintió que sus ojos se abrían de sorpresa. Ella estaba predispuesta a que el atractivo pelirrojo le mostrase mas pelea.

"Pero no aquí", dijo. Levantó una mano hacia la mejilla de la muchacha. Ella hizo una mueca de dolor cuando su pulgar pasó por un pequeño corte que le había regalado aquella roca irregular, cuando se había lanzado por primera vez al suelo evitando el vuelo de los dragones.

"Tendremos que echarle un vistazo a ese corte", dijo. "Volvamos a tu habitación. Te lo explicaré todo allí".

Alana se dejó guiar por Lew por aquella escalera oscura y sinuosa, de vuelta a su gran dormitorio. Lew abrió la puerta y colocó una mano en la parte baja de su espalda para guiarla hacia adentro. Ella se estremeció ante el calor de ese toque sobre su piel, atravesando la delgada tela de su vestido de verano como si no existiera.

Por su parte, Lew sintió una cantidad considerable de sangre moverse a través de él, reaccionando vivazmente, incluso al toque más pequeño de esta joven muchacha arefol. Estaba seguro de que ninguna draig había inspirado tales instintos en él como lo podía hacer Alana. De hecho, estaba seguro de que ninguna mujer, draig o no, había provocado que su cuerpo se estremeciera de esta manera.

Lo había sentido por primera vez cuando la captó con su vista en el bar. Podía recordar vívidamente el momento. Su largo cabello oscuro cayendo en sus ojos azules, la tentadora camiseta con cuello en V que lucía y mostraba un toque de escote sobre piel cremosa. Incluso la expresión ligeramente perdida que había tenido toda la noche, como si estuviera fuera de su elemento y buscando desesperadamente un camino de regreso a casa, todo eso invocaba a la bestia en él más que cualquier otra cosa que pudiera recordar.

Y ahora, mientras él la sentaba en el asiento de la ventana, la luz del sol brillaba en su cabello, el vestido azul pálido del sol hacía que su piel pálida brillara como si suplicara ser tocada, él sabía que esta chica era peligrosa. Él no podía hacerla suya, era consciente de ello. Pero, ¡oh, cómo quería!.

En lugar de dejarse llevar por ese impulso, encontró un pequeño trapo en uno de los armarios, lo frotó con alcohol y lo acerco a la mejilla de la muchacha.

"Esto va a doler un poco", advirtió.

Alana dejó escapar un pequeño quejido de dolor cuando el líquido tocó su piel, pero apretó sus dientes con firmeza hasta que él quitó la tela con alcohol por un momento.

"Entonces... ¿Me vas a decir que pasa?", Preguntó tan firmemente como pudo cuando él estaba tan cerca de ella. Su aliento casi le hacía cosquillas en la mejilla mientras él limpiaba la herida.

Su corazón casi sintió una leve decepción cuando él en lugar de acercarse mas, se alejó para sentarse y dejar escapar un suspiro. Poco a poco, comenzó su historia.

Lewellyn le confesó a Alana que los dragones de Gales no eran un mito sino un antiguo clan de la región. Fueron cazados hasta llegar al borde de la extinción en los primeros siglos de la era romana y, desde entonces, se habían comprometido con la idea de vivir en secreto.

"Entonces, ¿hay más de ustedes?" Preguntó Alana.

"Sí", dijo Lewellyn. "Pero, ahora no somos muchos. Hay dos pueblos más pequeños de Draig cerca de Snowdonia. Y hay una pequeña comunidad en Cardiff. Es por eso que mi hermano y yo fuimos al club nocturno anoche. Estábamos...buscando mujeres que pudieran ayudarnos".

"¿Esa es la razón porque me trajiste aquí?"

Sin muchas ganas, Llewellyn asintió. El sabía que no podía contarle a Alana toda la verdad. Aún no. Pero ella había visto demasiado ese día.

"Nuestro clan se está muriendo", explicó. "Debido a que vivimos en secreto, hemos estado casándonos entre las mismas familias durante años. Pero ya no es sostenible. Ahora, quedan muy pocas mujeres en el clan. Las que viven con nosotros ya se han apareado y tiene pareja. Cuando mi padre, el líder del clan murió, nos pidió a mí y a mi hermano que fuéramos a Cardiff para encontrar a una...una muchacha que pudiera ayudarnos".

"¿Cómo, exactamente, se supone que una muchacha debe ayudarlos?", Preguntó Alana con suspicacia. Se acordó de que el hermano de Lew, Owain, se enojó con Lew por haber traído a Alana. Recordó que era porque ella era una "Arefol". Dada esta información, ella tomó eso como simplemente un "no cambiante".

"Hay un ritual", dijo Lewellyn vacilante. "Se lleva a cabo en la luna llena. Y se requiere de una mujer virgen para llevarlo a cabo".

"¿Qué pasa en este... ritual?" Preguntó Alana notablemente nerviosa.

Lewellyn miró sus grandes ojos y sintió una punzada de culpa cuando se dio cuenta de que esos hermosos ojos estaban llenos de miedo. Él sabía que necesitaba tranquilizarla. Incluso si lo que haría que ella se calmara fuera totalmente falso.

"Nada de lo que deberías tener miedo", dijo finalmente. "De todos modos, faltan cuatro semanas para que vuelva a haber luna llena. No deberías preocuparte por eso ahora".

Colocó el trapo empapado en alcohol en su mejilla una vez más. Esta vez, ella no hizo una mueca. En cambio, se quedó quieta mirándolo a los ojos, medio esperando y medio temiendo lo que había visto en ellos la noche anterior. La criatura parpadeante en movimiento detrás de esos ojos. La bestia detrás del hombre.

Pero ahora, no había nada. No había bestia, ni animal; no había otra cosa más que un hombre que la miraba con atención, atendiendo su corte en la mejilla con más ternura de la que nunca había sentido de nadie antes.

"Supongo que debería agradecerte", dijo en voz baja. Él dejó de pasar la tela sobre su corte todavía sangrante y la miró directamente. "Después de todo, salvaste mi vida".

Ella le dio una pequeña sonrisa tímida y Lewellyn pudo ver un pequeño rubor en la mejilla de la joven. Ante esa mirada, esa mirada inocente, podía sentir como todas las restricciones a sus impulsos se desmoronaban.

"Lo haría de nuevo", dijo en voz baja.

Luego, sin pensar, sin esperar a su buen juicio le dijera que era una mala idea, llevándose por el momento, le puso la mano en la mejilla, se inclinó hacia delante y la besó.

Fue suave, delicado, casi inseguro al principio. Pero, cuando Alana comenzó a abrirse hacia él, cuando ella se apretó contra él, Lew sintió que todo control que tenia sobre si mismo se rompía completamente.

Pronto, sus manos estaban anidadas en su largo cabello negro, mientras la presionaba apasionadamente contra la ventana. Cuando ella apretó su pelvis contra él, él soltó un gemido gutural al sentir que su miembro comenzaba a hincharse.

Finalmente, después de lo que le parecieron siglos, pero, en realidad, había sido menos de un día, por fin la estaba tocando. Besándola, sintiendo su largo y suave cabello bajo las yemas de sus dedos.

Ella dejó escapar un pequeño y dulce sonido en la parte posterior de su garganta cuando Lewellyn sintió una delicada mano moviéndose a lo largo de su torso desnudo. Más sangre se disparo de su cabeza directamente a su ingle mientras ella lo acariciaba. Ella envolvió sus brazos alrededor de él, acercándolo más a ella.

Solo cuando esa mano femenina, pequeña y delicada se movió para deshacer el botón dorado de sus pantalones, la realidad volvió a él como un balde de agua helada. Esta chica no podía ser su compañera. Aún no.

A regañadientes, retiró una mano de su cabello y tomó la mano que lentamente estaba soltando el botón del pantalón por la muñeca. Deteniendo su movimiento.

"No podemos", dijo en voz baja y a regañadientes.

"¿Por qué no?" Preguntó ella. Sus ojos hermosos ojos azules lo miraron y él pudo ver una mezcla de confusión, pasión y un toque de dolor en su expresión.

"Te lo explicaré apenas pueda", dijo rápidamente poniéndose de pie. "Volveré en una hora para traerte tu almuerzo".

Con eso, salió corriendo de la habitación dejando a Alana, confundida y todavía con la excitación a flor de piel, mirándolo fijamente.

El SECRETO DEL DRAGÓN

El Libro De La Serie Del Clan –Libro -2

Por: Lea Larsen

Copyright © por:Lea Larsen

Todos los derechos reservados. Ninguna parte de este libro puede ser usada o reproducida en ningún

de cualquier manera sin permiso por escrito del autor, excepto en el caso de citas breves incluidas en artículos críticos o revisiones

Índice

Capítulo Uno 74

Capítulo Dos 89

Capítulo Tres 97

Capítulo Cuatro 126

Capítulo Uno

Alana estaba más que harta de esa vida de lujo. Había estado atrapada en la habitación donde Llewellyn la había mantenido durante casi tres semanas. En ese momento, la única otra alma con la que se había encontrado (sin contar su acercamiento accidental con el círculo de dragones en su primer día en la mansión) era Llewellyn.

Una persona imperceptible siempre entraba en la habitación antes de que se despertara por la mañana para llevarle el desayuno, ropa nueva y toallas limpias para que pudiera ducharse. Los vestidos que le proporcionaba eran siempre hermosos; lindos vestidos de cóctel, algunos de ellos de seda. Todos eran preciosos y, tenía que admitir, se veían impresionantes en ella. Pero después de una semana de llevar batas de seda, empezaba a extrañar los pantalones deportivos y las camisetas.

Llewellyn vino a darle su almuerzo y su cena.

No era como si a Alana no le importara ver a Llewellyn. De hecho, sus visitas se habían convertido en la parte más memorable de su día.

Para su disgusto, no la había besado, ni siquiera la había tocado de nuevo, desde aquel primer día. De hecho, parecía estar evitando acercarse demasiado a ella.

Ellos hablaron, pero él siempre se aseguró de mantener una distancia segura. En lugar de sentarse a su lado en el asiento de la ventana, colocaba una silla al lado de la cama. Cuando le dio las buenas noches, se aseguró de guardar dos pies de distancia de ella. Y, desde esa primera noche, ella no había sentido de él nada como el beso abrasador que él le había puesto en la frente.

Por supuesto ella todavía anhelaba tocarlo y que él la tocara, cada vez que él le dedicaba esa media sonrisa que lo hacía lucir innegablemente sexy, cada vez que él estiraba su mano para alcanzar su vaso y ella podía ver sus músculos bien definidos bajo las camisetas demasiado ajustadas que llevaba. Eso era todo lo que podía hacer para no cruzar la habitación y abalanzarse sobre él.

Y, además, ella tenía la sensación de que él sentía lo mismo por ella. Ella había notado como la miraba siempre que hablaban. Ella había visto la mirada hambrienta que él le dio cuando se inclinó para hablar más cerca de él. Ella lo vio, apenas, casi imperceptiblemente, lamer sus labios cuando ella se estiró en su asiento, atrayendo la atención sobre la forma en que los vestidos que él le había dado se aferraban a las curvas de su cuerpo.

Lo que aún no podía entender era por qué, si él quería esto tanto como ella, y claramente lo hacía, él seguía alejándola.

Tenía la sensación de que, fuera lo que fuera, tenía algo que ver con ese ritual que él le había mencionado. Ella no le había pedido explicaciones sobre lo que realmente podría suceder en esta ceremonia. Y él tampoco estaba particularmente interesado en hablar sobre su coronación de luna llena.

Afortunadamente para Alana, él se sentía más que feliz comentándole sobre el resto de su vida como un Draig, que, según ella había aprendido, era la palabra que usaban para quienes podían tomar la forma de dragón. Y, eso era más fascinante de lo que ella podría haber imaginado.

"Entonces, supongo que... ¿Naciste con la capacidad de hacer lo que haces?", Preguntó un día mientras Llewellyn se sentaba a almorzar.

Estaba sentada junto a la ventana, masticando distraídamente un emparedado de crema de queso y pepino de la bandeja que él había traído. Él, como de costumbre, estaba sentado en una silla de respaldo alto e incómodo, a una buena distancia de ella.

"Eso es correcto", dijo. "No es algo que aprendas. Es ... algo que eres".

"Pero, ¿cómo saben los Draig si lo son cuando nacen?", Preguntó.

"La respuesta corta es que ellos no lo saben", dijo. "Sin embargo, de una pareja de Draig que se aparea, el hijo casi nunca nace sin la capacidad de cambiar. Pero, esto no se muestra hasta unos años más tarde".

"¿Cuántos años tenías cuando empezaste?", Preguntó con curiosidad.

"Para ese entonces tenía tres años", respondió. "Recuerdo que me sentía aterrorizado".

"¿Por qué?" Preguntó ella. "¿De alguna manera no decidiste hacerlo?"

Sacudió la cabeza con una leve risita.

"No funciona del todo así", dijo. "Mira, cuando somos niños, no podemos controlarlo. El cambio se nos viene encima cuando estamos asustados o particularmente enojados".

"¿Y cuál de las dos cosas sentías tú?" Preguntó ella.

Puso el emparedado que había estado comiendo en la bandeja y dirigió la mirada pensativamente hacia ella.

"Supongo que estaba asustado", dijo. "Honestamente no recuerdo ese momento muy bien. Estaba solo en mi cama, recuerdo que estaba lloviendo fuera. De repente, escuché ese sonido de trueno explosivo. Lo siguiente que supe fue que estaba volando sobre mi cama, mi nariz era larga y roja y había pequeñas llamas saliendo de mi".

"Es un milagro que no hayas incendiado la casa", dijo Alana.

"Las llamas eran muy pocas para causar un daño real en ese momento", respondió con un gesto despectivo de su mano. "Tuve suerte de que mi padre viniera poco después y pudiera calmarme. Pero, después de eso, no se me permitió salir de la casa durante años. No hasta que tomé lecciones sobre el control por parte de mi padre, y después de demostrarles a mis padres que podía dominarlo".

"Sé cómo se debe haber sentido la versión joven de ti", dijo. Había un toque de amargura en su voz que incluso ella misma podía escuchar. Y ella no hizo ningún intento de ocultarlo.

"Estar atrapado en tu casa. Sin saber realmente el por qué y sin saber cuándo te permitirían irte".

Los ojos de Alana miraron distraídamente hacia el castillo en ruinas. Ella ya conocía la vista desde su ventana casi de memoria ahora. Las piedras brillando a la luz del sol, la torre con una puerta y quién sabe qué había adentro. Pero, hacía mucho que había renunciado a la esperanza de explorar la estructura.

Cuando se volvió, Llewellyn la estaba mirando fijamente. Se preguntó si finalmente podría haberlo convencido de algo. Aunque ella no estaba segura de qué.

Lo que le había insinuado era la necesidad que tenía de poder salir de la habitación, por lo menos de noche. Llewellyn sabía que ella tenía razón. Esa expresión anhelante y melancólica en su rostro mientras miraba por la ventana era un tipo de mirada con la que él estaba demasiado familiarizado. Él no podía soportar verla así.

"Alana", comenzó vacilante. "¿Te gustaría salir esta noche?"

"¿Ir a dónde?" Preguntó Alana, su voz mezclada entre esperanza y escepticismo.

"Fuera del castillo", dijo haciendo un gesto hacia la ventana. Sintió que se le aceleraba el corazón cuando una brillante y radiante sonrisa se arrastró por su rostro.

"¿Estás seguro?" Preguntó ella.

"Por supuesto, sé que quieres verlo".

Por su parte, Alana sintió que su corazón saltaba en su pecho y latía de emoción. Después de tres semanas de nada más que leer y probarse ropa; tres semanas de contemplar con nostalgia el castillo en ruinas, finalmente iba a poder verlo. Tal vez incluso podría entrar en la torre. Tal vez podría escalar sus alturas y pararse en la cima mirando hacia los acantilados y ríos que se encontraban a cada lado de la torre.

Tal vez, Llewellyn lo escalaría con ella. Ese pensamiento hizo que su corazón latiera aún más rápido.

"¡Sí!", Dijo ella. "Me encantaría salir esta noche".

"Maravilloso", dijo. "Nos iremos justo después de la cena".

Con eso, se despidió de ella y salió de la habitación. Sin embargo, cuando Llewellyn bajó las escaleras, no pudo evitar preocuparse. Estar solo con Alana en una habitación era una situación distinta, que podía controlar.

Su habitación tenía mucho espacio y muchos muebles. Él podía mantener la distancia allí.

Pero, caminar con ella en el castillo, guiarla alrededor de las rocas antiguas, tomar su mano para ayudarla a subir las escaleras destrozadas en la torre, iba a ser otra cosa completamente diferente.

Suspirando, se recostó contra una pared en la escalera y rezó, a quienquiera que estuviera escuchando, para que pudiera pasar esa noche con el corazón intacto.

Capítulo Dos

La noche llegó mucho más rápido de lo que Llewellyn había esperado. Le había enviado una bandeja a la habitación de Alana con la cena. Por lo general, él mismo lo llevaba, pero esa noche pensó que sería mejor que no pasara más tiempo a solas con ella de lo que era absolutamente necesario.

Tal y como estaba planeado, salió de su habitación esa noche y se dirigió hacia la escalera que conducía a la habitación de ella, con algo más que un toque de inquietud. Cuando dobló la esquina de la escalera, una figura que lo acechaba a la sombra del sol lo detuvo en seco.

"Pensé que la cena de Arefol ya había sido enviada".

"Owain", dijo Llewellyn, soltando un leve suspiro de alivio al ver a su hermano. "No deberías saltar hacia mí de esa manera".

"Y tú no deberías pasar tanto tiempo como con esa chica", dijo Owain moviéndose hacia su hermano de manera amenazadora. Aunque Owain no era alto ni tan musculoso como muchos de los hombres de la tribu, Llewellyn sabía que no debía subestimarlo. Su hermano era tan astuto y calculador como cualquiera que hubiera conocido.

Así, Owain se parecía mucho más a su padre de lo que Llewellyn creía que pudiera ser. El padre de Llew y Owain sabía cómo obtener lo que quería y podía doblegar a cualquiera a su voluntad para poder obtenerlo.

A pesar de que Llewellyn era mayor, estaba claro que Owain se parecía más a su padre que él mismo. Un hecho que Owain señalaba con frecuencia. Un hecho que también hizo que el hermano menor deseara el trono del clan para sí mismo.

Las intenciones de su hermano se hicieron más evidentes por la forma en que Owain se movió hacia Llew ahora. La cabeza echada hacia atrás, el pecho hinchado, alcanzando su altura completa. Claramente estaba haciendo un intento de desafiar la autoridad de Llew.

Bueno, pensó Llew, si su hermano quería jugar ese juego, él también jugaría. Llewellyn avanzó hacia Owain estirándose a su altura máxima, que era casi cinco pulgadas por encima de la de su hermano.

"Lo que elijo hacer con la chica no es de tu incumbencia", dijo Llewellyn. Miró a los ojos de su hermano y esperó a que Owain retrocediera. Y diera un paso hacia atrás, inclinara la cabeza y dirigiera los ojos al piso como el hombre más joven siempre había hecho en sus pequeñas batallas de dominación.

Esta vez, Owain no dio un paso atrás. Miró a Llewellyn directamente a los ojos.

"Nuestra familia, nuestro clan, es mi preocupación", dijo Owain. "No te veré destruirlos".

"¿Y qué si Alana puede salvarlos?" Preguntó Llewellyn.

"Conozco tu teoría", dijo Owain. Crees que necesitamos sangre nueva. Crees que eso nos ayudará. No lo hará. Si te apareas con esta chica, diluirás nuestra sangre. Moriremos más rápido de lo que estamos muriendo ahora".

"No puedes saber eso", dijo Llewellyn.

"Sé lo suficiente", respondió Owain. "Esta pequeña chica le ha dado un vuelco a tu cabeza. Crees que, porque la deseas, deberías poder aparearte con ella. No importa lo que pueda significar para el clan. Para tu familia."

Se había cansado de este juego. Había escuchado todos los argumentos de su hermano en contra de tomar un compañero de Arefol antes. No le importaba escucharlo de nuevo. Manteniendo los ojos en su hermano, lo empujó para subir las escaleras.

Solo cuando Llew se dio la vuelta para subir la escalera, Owain volvió a hablar.

"Puedo evitar que te juntes con ella".

Llewellyn se detuvo en seco cuando la voz de su hermano subió por la escalera. Su sangre comenzó ponerse fría cuando se volvió para darle la cara a su hermano. Cuando lo hizo, éste llevaba una sonrisa engreída que Llewellyn conocía demasiado bien.

"Todos los textos sagrados dicen que necesitas una virgen para emparejarte", dijo Owain. "¿Qué pasaría si fuera a hacerle una pequeña visita a la Arefol en su habitación esta noche?"

"No te atreverías", dijo Llewellyn. Su voz salió como un gruñido bajo, sin su voluntad o aprobación.

"Lo haría", dijo Owain. Mientras la sonrisa se desvanecía de su rostro. "Haría eso y más para salvar a mi familia. Me pregunto si tu podrías decir lo mismo."

En un instante, Llewellyn se lanzó escaleras abajo. Antes de darse cuenta de sí mismo, descubrió que había empujado a su hermano contra la pared del pasillo. Sujetándolo con sus brazos contra la dura superficie.

"Si la tocas," gruñó Llewellyn, su cara a escasos centímetros de la de Owain. "Lo juro, te mataré. Seas familia o no".

Owain miró de manera desafiante a Llewellyn por un momento antes de bajar la cabeza y desviar la mirada en sumisión. Tan pronto como lo hizo, Llewellyn soltó a su hermano y le permitió alejarse.

"Bien, entonces", dijo Llewellyn al llegar a la entrada del pasillo. "Supongo que ya tengo mi respuesta".

Llew solo vio un indicio de esa horrible y maliciosa sonrisa en el rostro de su hermano antes de que el hombre más joven doblara la esquina y desapareciera.

Capítulo Tres

Alana paseaba ansiosa por el espacio entre el asiento de la ventana y su cama. Ya se había maquillado, se había rociado con una variedad de perfumes que Llew había dejado en el baño para ella y se había arreglado el cabello dos veces.

Recordaba haberse sentido de esta manera en casi todas las primeras citas en las que había estado. Esa inquietud, la sensación entre excitación y emoción. La única diferencia era que esto no era una cita. En realidad no lo era.

La verdad era que no estaba segura de lo que esto significaba para Llew y, además, no tenía idea de lo que él esperaba que fuera. A veces, por la forma en que hablaban, era como si estuvieran saliendo. Pero, otras veces, se sentía como si apenas fueran amigos.

De alguna manera, ella sabía que todo estaba relacionado con en ese misterioso ritual que él se negó a contarle. Bueno, pero ya ella ya no iba a seguir aguantando eso. Ella iba a sacarle la verdad sobre este "ritual" esta noche, así fuera lo último que hiciera.

De repente sonó un golpe en su puerta, ella saltó y, con un pequeño rebote emocionado, se movió para abrirla.

"Te ves hermosa", dijo Llewellyn al verla. Ella no pudo evitar sonrojarse al percatarse de su vestido de cóctel rojo y las zapatillas de ballet planas que había elegido para la ocasión.

"Supongo que no es bueno para escalar ruinas antiguas", dijo. "Pero, una vez más, nada en mi guardarropa lo es".

Ella se dio cuenta demasiado tarde de que él podría tomar eso como un insulto a su gusto en la ropa. Después de todo, ella supuso que era Llewellyn quien estaba escogiendo su hermoso vestuario. Lo último que quería hacer era que él creyera que era una desagradecida.

Por suerte para Alana, Llewellyn no pensó nada de eso. De hecho, estaba demasiado impresionado por la forma en que el vestido rojo abrazaba perfectamente sus curvas, deteniéndose justo en la rodilla. La forma en que la piel de su cuello brillaba a la luz del sol poniente que se movía a través de la ventana. Tan suave que casi podía estirarse y tocarla.

"Eres perfecta", le dijo y lo hizo en serio. Sin embargo, se dio cuenta de que, si tenía que evitar las trampas que temía, debería dejar de mirarla tanto.

"¿Nos vamos?". Él preguntó.

Ella asintió y él la condujo por la escalera y salieron por la puerta trasera.

Alana había salido así del castillo una vez antes. Cuando descubrió lo que realmente era Llew. Sin embargo, ese día, se había visto obligada a arrastrarse fuera tan silenciosamente como pudo. Y, su mente estaba tan llena de hombres que se convertían en dragones, que había habido muy poco espacio en su mente para cualquier otra cosa.

Ahora, este lugar lucía diferente. Más verde. Más seguro, supuso que era debido a que ella se sentía así, ya que Llew la había agarrado de la mano y la guiaba hacia las ruinas del antiguo castillo.

"¡Es tan hermoso todo esto, aquí!", dijo.

"Supongo que lo es", respondió.

"¿Lo supones?"

"Nunca he estado en ningún otro lugar", dijo encogiéndose de hombros. "Así que, realmente, no tengo ninguna otra referencia ".

"¿Nunca has estado fuera de Gales?", Preguntó ella, entrecerrando los ojos con curiosidad. Él negó con la cabeza.

"Es demasiado peligroso", dijo. "A pesar de que ahora puedo controlar mis cambios, no se sabe lo que podría suceder estando solo en el camino. Cuando viajamos, vamos en parejas o grupos. Y, casi siempre por alguna misión del clan ".

"¿Como la de Cardiff?", Preguntó ella.

Él asintió su cabeza. Cuando se detuvieron en una de las piedras más grandes, miró hacia el sol poniente detrás de los acantilados en el oeste. La expresión que llevaba era de una triste desesperación. Casi como si estuviera atrapado.

Ella conocía bien ese sentimiento. Aunque, curiosamente, ahora que estaba ahí, no en su habitación, sino vagando por una ruina con Llewellyn a su lado, ya no se sentía atrapada. De hecho, se sentía más libre de lo que nunca se había sentido en su vida.

Alana cerró los ojos y se apoyó en una de las piedras que estaban de pie, las que alguna vez formaron el muro del castillo. Escuchó el torrente del pequeño arroyo que bajaba la colina, sintió la brisa en su rostro y pensó que, por primera vez desde que había salido de América, pudo haber encontrado un lugar al que podía pertenecer.

"¿Hay algo que quisieras ver en particular?" Preguntó Llewellyn, haciendo que ella abriera los ojos.

"Sí", respondió ella, recordando de repente la única cosa sobre la que había tenido más curiosidad. "Podríamos subir a la cima de la torre".

Llewellyn sonrió y le ofreció su mano mientras la conducía al antiguo arco de piedra que una vez había sostenido una puerta. La condujo escaleras arriba escuchando sus pequeños pasos resonando contra las rocas.

Finalmente, llegaron a la cima de la torre y miraron hacia las montañas y los acantilados que estaban más allá.

La pusta de sol estaba muy avanzada, por lo que el sol se entrelazaba en una mezcla de tonos naranja, amarillo, púrpura y rosa.

"Wow", susurró, corriendo hacia el borde de la torre.

Llewellyn escuchó su jadeo una vez más cuando se inclinó y miró hacia el valle debajo de ellos.

"Siento que puedo ver el mundo desde aquí", dijo ella.

"Podemos ver una parte del mundo", dijo él. "Y, eso siempre ha sido suficiente para mí".

Ella no respondió, pero continuó observando el suelo debajo, finalmente, sus ojos se posaron en un gran círculo de piedras en medio de la ruina del castillo. Ella lo habría percibido como otro signo de deterioro si esas piedras en particular no parecieran que hubieran sido colocadas tan deliberadamente.

"¿Qué es eso?", Preguntó señalando las piedras y mirando a Llewellyn.

Él no respondió de inmediato. Estaba pensando en la mejor manera de contarle. Él sabía que tenía que hacerlo en algún momento y eso sólo tenía sentido hacerlo aquí. Ahora que estaba más feliz y fuera de casa.

Aún así, respiró dolorosamente antes de decirlo.

"Ahí es donde el ritual de coronación tendrá lugar la próxima semana".

"Ah, ¿De eso es de lo que trata ese misterioso ritual? ¿Una coronación? — Preguntó ella con voz burlona. La sonrisa coqueta que le dio solo sirvió para retorcerle el corazón con más dolor. ¿Cómo podría él decirle sobre la elección que tendría que hacer? ¿Cómo podía decirle lo que estaba en juego para su familia, para su clan?

Bueno, él supuso que era mejor empezar por el principio.

"Hay más que eso", dijo. "Durante este ritual, seré oficialmente el líder del clan. Y, cuando me hagan líder, debo elegir una compañera ".

"¿Una compañera?" Preguntó ella. Aunque tenía que admitirlo, ya tenía una buena idea de lo que eso podría significar.

"Ah, ...una esposa, supongo que lo llamarías así", dijo. "Una vez que la mujer que elija y yo nos emparejemos, estamos destinados a estar juntos de por vida. Es un vínculo sagrado que no podemos romper ".

"Ya veo", dijo ella. Entonces, ¿Llewellyn quería que ella fuera su ... esposa? Era abrumador sin duda. Pero, ella descubrió que esa idea hizo que una sonrisa se deslizara por su rostro. Hizo que su corazón se agitara más de la emoción que de la ansiedad.

"Eso no es todo", dijo él. "Cuando elija a una compañera, tendremos que ... consumar nuestra relación frente a los testigos en el ritual".

"¿Quieres decir que tendrás que tener tu ... noche de bodas ... frente a una audiencia?", preguntó ella

"En esencia, sí", dijo él.

Bueno, esa pregunta hizo las cosas más complicadas. Y, por mucho que le encantara hablar en términos hipotéticos, ya era horan de hablarle francamente sobre su papel en todo esto.

"Y ... supongo que ... ¿por eso me trajiste aquí?", preguntó ella tímidamente.

"Sí y no", dijo sonando reacio. Sus ojos se estrecharon y un confuso ceño frunció sus labios.

"Es porque... no eres de nuestro clan", dijo él. "Mi hermano y varios de los otros piensan que serías mejor... consorte que una compañera".

"¿Consorte?" Preguntó ella. Sin embargo, tenía la sensación de que esto era lo que había escuchado a Llew, su hermano y su madre hablar en la noche en que fue llevada a la mansión.

"Es que", dijo. "Como tenemos tan pocas mujeres, los hombres de nuestro clan necesitan liberar sus impulsos. En épocas anteriores, hemos utilizado a miembros que no pertenecen al clan como consortes para ... satisfacer esas necesidades ".

"Entonces, ¿sería una prostituta?", preguntó. Aunque sabía que ese no era exactamente el término para eso. Esclava sexual sería un término más preciso.

"Si fueras a ser una consorte", dijo "serías esterilizada para que no pudieras tener hijos. Entonces, estarías a merced de todos los hombres del clan para cuando ellos quisieran. Día o noche."

El horror de eso la llenó irrevocablemente. Tanto que miró hacia el suelo y sintió que las lágrimas comenzaban a brotar en sus ojos.

"Alana," dijo suavemente Llewellyn. Él le tocó la barbilla y levantó la mirada para encontrarse con la suya. "Por favor, sabes que no es lo que quiero para ti".

"Entonces la única otra opción", dijo Alana, tragando con fuerza y mirándolo a los ojos. "Es... consumar mi relación contigo... frente a testigos potencialmente hostiles".

"Sé que no es lo ideal", él dijo. "Y, si... si eso tampoco es lo que quieres. Si no quieres ser mi compañera... Supongo que podría encontrar una manera de conseguir que te escabulleras fuera de la mansión. Pero debo advertirte que es probable que el clan te encuentre, sin importar a dónde vayas, y no puedo protegerte allí".

Ella asintió y se apartó de él moviéndose de nuevo hacia el borde de la torre. Su mente seguía dando vueltas. Había soñado, durante semanas, con Llew dominándola, haciéndola suya.

Ahora, ella tenía la oportunidad. Y, lo que es más, también parecía querer eso de ella. Pero... sería su primera vez. Delante de una audiencia. ¿Y si ella vacilaba? ¿Y si ella no era buena en eso?

Aun así, cuando ella pensó en las alternativas, ambas eran demasiado horribles de imaginar. Vivir la vida como esclava de docenas de hombres o abandonar a Llew, y la belleza de este lugar se quedaría atrás para siempre.

"Alana", dijo Llew suavemente, viniendo detrás de ella. Ella dejó escapar un suspiro cuando él le puso una mano suave en el hombro. "¿En qué estás pensando?"

Mientras los últimos rayos de luz del sol se desvanecían detrás de una gran montaña hacia el oeste, ella se volvió hacia él, apenas distinguiendo su rostro en la oscuridad.

"Yo pienso que," comenzó a decir ella lentamente, "dada la elección entre esclava sexual o sexo con un hombre magnífico frente a una audiencia, tomaré esta última".

Él la miró un largo rato como si no pudiera creer lo que acababa de decir. Luego, lentamente, una sonrisa se arrastró por su rostro.

"Además", dijo ella, sonriéndole a su vez. "No quiero irme de aquí. Es el primer lugar en el que me he sentido como en casa durante años".

"Bueno, me alegro de eso", dijo él. "Ahora, está oscuro. Deberíamos volver al castillo".

Él le ofreció la mano que ella tomó con agradecimiento y comenzó a guiarla por los escalones de la torre hacia la mansión.

Mientras se dirigían a la puerta trasera, Llewellyn descubrió que no podía evitar esa sonrisa que se estaba formando en su rostro. Ella iba a ser su compañera. Esta chica. Esta increíble, bella e inteligente joven iba a ser suya para siempre.

Sabiendo esto, fue todo lo que pudo hacer para no envolverla en sus brazos y hacerla suya allí mismo, maldito ritual y la tradición. Su pequeña mano en la suya mientras subían las escaleras y la vista de su espalda en ese vestido rojo mientras una larga trenza oscura caía como una cascada por su espalda no ayudaba en nada para debilitar su deseo de tenerla.

Cuando llegaron a su habitación, ella se volvió hacia él y sonrió.

"Gracias por esta noche", le dijo. "Lo necesitaba."

"Lo sé", respondió él. Tratando de evitar que sus sentidos se llenaran con el aroma de su perfume. "Creo que ambos lo necesitábamos".

Ella sonrió de nuevo y su corazón se detuvo cuando ella se puso de puntillas y le dio un suave y persistente beso en su mejilla. El calor de sus labios contra su piel, el olor de su perfume, hizo que perdiera toda cordura.

Antes de que él supiera lo que estaba haciendo, la agarró por los hombros, la empujó dentro de la habitación y cerró la puerta para luego presionar sus labios desesperadamente contra los de ella.

Alana sintió que su miembro se presionaba contra su pierna a través de la delgada tela de su vestido cuando Llewellyn la empujó contra la madera dura de la puerta.

No había nada suave ni gentil en ese beso. Su lengua empujó con fuerza dentro de su boca como si él estuviera tratando de invadir su alma. Ella gimió cuando sintió que una de sus manos se movía hacia su pecho justo cuando Llew besaba la piel de su cuello.

Él mordisqueó su borde de la mandíbula antes de levantar sus labios para rastrear el lóbulo de su oreja.

"¿Tienes alguna idea de lo que me haces, Alana?", Preguntó. "¿Sabes cuánto tiempo he querido agarrarte y hacértelo hasta que olvides todo lo demás?"

Una oleada de humedad inundó sus partes íntimas mientras se deleitaba con la sensación de sus manos subiendo y bajando por su torso. De repente, supo que quería ser mucho más activa en este proceso, ya que no tenía experiencia y sabía que Llew le enseñaría.

Vacilante, ella llevó su mano a la entrepierna de él y cubrió a su miembro.

El bajo gemido que dejó escapar le dio un poco de victoria. Ella se estiró detrás de su cuello y le dio un breve beso antes de mover sus labios a su oreja.

"¿Por qué no me enseñas?" Preguntó ella.

Con otro gruñido, la empujó contra la puerta mientras su mano continuaba acariciándole el miembro, el cual seguía creciendo bajo sus pantalones.

Llewellyn, movió su mano debajo de su vestido para tocar la parte a través de sus bragas que mas estaba sumergida en el deseo. Incluso sobre la tela, podía sentir lo cálida y húmeda que estaba.

Y era todo para él. Ella le pertenecía.

No, espera. Eso no estaba bien. Ella le pertenecería. Pero, no todavía. No podía serlo hasta el ritual. Los otros miembros del clan sabrían si ella no era virgen cuando él la llevara la noche de luna llena. Lo sentirían como lo había hecho él cuando la conoció.

Si lo hacían, él no sabía lo que podían hacer.

Una vez más, este placer desesperado llegó a su fin con el pensamiento sobrio del deber. Él apartó la mano de sus partes deseosas y la agarró de la muñeca, sacándola de su miembro. Todavía dolorosamente erecto dentro de sus pantalones.

"¿Qué pasa?", Preguntó ella mientras él se alejaba de ella.

"Te lo había dicho", dijo Llewellyn. "No podemos".

"¿Por qué no podemos?" Preguntó ella. "Llew... no lo ves... ¡Quiero esto! ¡Quiero estar contigo!

Eso, casi, rompió su determinación. Al escuchar esas palabras, que ella lo deseaba tanto como él la quería, eran como mil afrodisíacos a la vez.

Ella se puso de puntillas otra vez y lo atrajo hacia ella para darse otro beso. Y a él le tomó toda la fuerza que tenía para alejarla una vez más.

"Todavía no", susurró acercándose a ella. Suavemente, él tomó su rostro entre sus manos y le dio un beso abrasador en la frente. Justo como había hecho su primera noche en la mansión.

Se retiró de la habitación con los ojos todavía fijos en ella. Él no apartó la mirada de ella hasta que se giró para bajar la escalera.

Tan pronto como él se fue, Alana cerró la puerta tan fuerte como pudo en su frustración. Se vistió y se preparó para ir a la cama con la esperanza de que la rutina de esas acciones ahuyentara los pensamientos de Llew. Se alejaría de la excitación que todavía se agitaba dentro de ella.

No lo hizo. Incluso cuando se deslizó en la cama, no pudo evitar recordar la sensación de sus cálidos labios contra su piel. Sus manos suaves contra sus hombros desnudos, el sonido de su voz en su oído. El calor de su piel cuando la tocó justo donde ella necesitaba desesperadamente sentirlo.

Sin pensarlo, extendió la mano por su camisón mientras volvía sobre los pasos que las manos de Llewellyn no habían tomado una hora antes. Cuando cerró los ojos, se imaginó lo que podría haber sucedido si él no se hubiera detenido.

Ella lo imaginó tomando esos dedos firmes y buscando el centro causante de la lujuria. Debajo de las sábanas, con los ojos aún cerrados, ella hizo eso. Dejó escapar un pequeño jadeo de placer cuando sus dedos encontraron su centro y obligó a sus ojos a permanecer cerrados, imaginando que era los dedos de Llewellyn en lugar de los suyos.

Ella lo imaginó presionándola con fuerza contra la pared de esa habitación y empujando sus dos dedos dentro de ella. Dejó escapar un pequeño y agudo grito mientras sus propios dedos seguían las instrucciones de la imagen en su mente.

Ella lo imaginó reemplazando sus dedos con el largo y delgado miembro que había sentido debajo de sus pantalones. Ella lo imaginó tirándola sobre la cama y golpeando dentro y fuera de ella tan rápido que apenas tuvo tiempo de respirar.

Asimismo, la tensión crecía dentro de ella; era todo lo que podía hacer para no gritar por completo en la habitación. Aún así, mantuvo los ojos cerrados mientras imaginaba el sonido de su voz. Su cálido y dulce aliento le hacía cosquillas en la oreja.

"Ven por mí, Alana", dijo en su mente. "Déjame escucharte."

"¡Oh Dios! ¡Llew! —Gritó en la habitación.

Cuando salió de su éxtasis, agotada, sólo pudo rezar para que nadie cercano hubiera escuchado su vergonzosa exclamación.

Y, al apagar la luz para ir a la cama, supo que el ritual de la próxima semana no podría llegar lo suficientemente pronto.

Capítulo Cuatro

El sueño no alivió los pensamientos sobre Llewellyn. Él entró y salió de sus sueños como un espíritu corpóreo. Ella sentiría sus manos tocándola, su boca sobre la de ella, su aliento contra su cuello.

En un punto, el sueño se volvió tan vívido que estaba segura de que no estaba soñando en absoluto. Esto se confirmó cuando abrió los ojos y se encontró muy despierta en su propia habitación.

Despierta, con la mano de un hombre moviéndose lentamente por su pecho y una gran figura que se mantiene sobre ella.

"¿Llew?", Preguntó ella.

La figura se inclinó lo suficientemente cerca como para poder ver su rostro en los débiles rayos de la luz de la luna.

Unos ojos oscuros y desconocidos brillaban sobre ella desde el interior de una cara que apenas reconocía. Le tomó un momento darse cuenta de lo que estaba viendo.

Ciertamente no era Llew.

Alana abrió la boca para gritar, para llamar al resto de la casa, pero, tan pronto como lo hizo, esta figura extrañamente familiar le puso una mano firme contra la boca.

"Un grito y te romperé el cuello",dijo la voz oscura siniestramente.

Sólo después de que él habló, Alana pudo verdaderamente reconocer al hombre delante de ella. Este era Owain, el hermano de Llewellyn.

Ella lo vio sonreír a la luz de la luna que, por alguna razón, parecía más brillante de lo que había sido antes. Volteó la cabeza tanto como la mano en su boca se lo permitió y vio que su ventana estaba abierta. Sin duda, así era como el intruso había entrado en su habitación.

Con su sonrisa aún presente, la mano de Owain continuó su camino por el frente de su camisón. Cuando él se sumergió bajo su ropa, Alana comenzó a patear y gritar instintivamente.

Sus gritos se agudizaron cuando él la tocó a través de sus bragas.

"Veo que ya has comenzado", dijo con una voz horrible y condescendiente cuando tocó la cálida sustancia húmeda todavía presente en su ropa interior.

Cuando él forzó una mano dentro de su ropa interior y alcanzó sus labios, Alana jadeó y le dio una patada instintiva con la pierna. Lo golpeó en su espinilla lo que le hizo quitar la mano de su boca.

"¡Ayuda!" Gritó al instante, mientras salía de debajo de él y saltando de la cama exclamó. "¡Que alguien me ayude!"

"Vuelve aquí, zorra Arefol", gruñó.

Ella sintió que su cabello se tiraba hacia atrás y gritó a todo pulmón en la habitación mientras la tiraba al suelo. Él estaba encima de ella casi de inmediato, agarró su vestido de noche y se lo colocó sobre los muslos.

"Nadie va a pensar en estar contigo después de esto", dijo llevando una mano a sus propios pantalones y comenzando a desabotonarlo.

Otro golpe sonó desde la puerta de su habitación. Y, en un instante, un par de brazos más grandes se deslizaron alrededor del pecho de Owain y lo alejaron de ella.

Cuando Llewellyn hizo que su hermano se pusiera de pie, vio que su madre corría hacia Alana, cuyo vestido de noche había sido desgarrado en un punto estratégico y ahora tenía un moretón en el brazo.

Cuando la chica miró a Llewellyn, con lágrimas en los ojos y una expresión de vergüenza en su rostro, sintió que algo le invadía, algo que no había sentido en mucho tiempo.

Él se volvió hacia su hermano y una ira que no podía controlar brotó dentro de él.

Alana gritó por tercera vez esa noche, cuando el dragón rojo, completamente formado, comenzó a destrozar su habitación.

"Agáchate", dijo la mujer al lado de Alana, "Hasta donde puedas". Sintió un empujón cuando la mujer la movió hacia el espacio que estaba debajo de la cama. Mientras lo hacía, Alana escuchó el sonido de cristales rotos, gruñidos y gritos de animales.

Cuando se atrevió a mirar una vez más, se dio cuenta de que ahora había dos dragones, uno ligeramente más pequeño que el otro, atrapados en una terrible batalla.

Cuando el dragón rojo, más grande, golpeó el ala del dragón más pequeño, la bestia más pequeña dejó escapar un horrible chillido de dolor. Al momento siguiente, la cola del gran dragón se movió tan ferozmente que envió a toda su estantería volando por la ventana abierta.

Otro feroz golpe de cola del gran dragón golpeó al más pequeño directamente en el centro, empujándolo hacia atrás hasta que él también, se cayó por la ventana, gritando y gruñendo hasta que aterrizó en el suelo con un estruendoso choque.

"¡No!" Gritó histéricamente la mujer que estaba al lado de Alana.

Fue el grito de su madre lo que hizo que Llewellyn regresara. Cerró los ojos y sintió que el cambio se deslizaba sobre él. Tan pronto lo hizo, corrió tan rápido como pudo hacia la ventana.

Cuando lo alcanzó, su corazón se detuvo en frío y se quedó quieto como una estatua.

La oscuridad reveló muy poco. Pero, un rayo de luz de luna, desafortunadamente colocado, le dijo a Llew todo lo que necesitaba saber.

Allí, en medio de la hiedra oscura y las flores del jardín de la mansión, yacía su hermano. Muerto.

LA PAREJA DEL DRAGÓN

La serie de El libro del Clan—Libro-3

Por:Lea Larsen

Indice

Capítulo Uno 138

Capítulo Dos 145

Capítulo Tres 154

Capítulo Cuatro 158

Aviso:

La información presentada en este libro representa los puntos de vista del editor a partir de la fecha de publicación. El editor se reserva el derecho de actualizar sus opiniones en función de nuevos

Condiciones Este informe es sólo para fines informativos. El autor y el editor no aceptan ninguna responsabilidad por cualquier responsabilidad derivada del uso de esta información. Mientras

se han realizado todos los intentos para verificar la información proporcionada aquí, el autor y el editor no pueden asumir ninguna responsabilidad por errores, inexactitudes u omisiones. Cualquier similitud con personas o hechos no son intencionales.

Capítulo Uno

"Ahora no existe ninguna duda sobre el tema de aparearse con la chica".

Su madre paseaba freneticamente de un lado a otro frente a una larga ventana con cortinas en su dormitorio. Era la tarde,casi una semana después de la muerte de su hermano. Desde entonces, Llewellyn había podido ver a Alana solo una vez. A la mañana siguiente, él subió a su habitación para asegurarse de que ella estaba bien. Ella le aseguró que lo estaba.

"No te preocupes por mí", dijo. "Puedo hacerme cargo de mí misma. En este momento debes cuidar a tu madre.
Era fácil fingir que por eso el se había alejado de su habitación. Por qué él había enviado todas sus comidas con terceros y no las había llevado en persona.

La verdad es que el tenía miedo de enfrentarla. Temía enfrentar las noticias que sabía que venían. Tenia miedo de enfrentar lo que su madre finalmente le estaba diciendo ahora.

"No veo por qué no", dijo Llewellyn en voz baja. Su madre detuvo su frenética caminata y lo miró con una expresión llena de furia en lo profundo de sus ojos.

"¿Ah no?" Preguntó ella. "La muerte de un miembro del clan no es poca cosa. Y la muerte de tu hermano no debe tomarse a la ligera. Especialmente no cuando su muerte vino de tu mano."

"No lo tomo a la ligera", dijo Llewellyn a la defensiva. "Pero, yo sostengo que Owain fue el único culpable de su propia muerte. Él fue quien irrumpió en la habitación de Alana cuando tú y yo lo habíamos prohibido. Él fue quien intentó...

Se interrumpió, todavía incapaz de decir la palabra. Incapaz de confrontar lo que casi le pasó a Alana, lo que su hermano casi le hizo sufrir.

"Lo sé", dijo su madre más en voz baja. Se podía sentir la comprensión en su voz. "Pero el clan no lo va a ver de esa manera".

"Si el clan necesita alguien a quien culpar, entonces permíteme que yo sea el cargue con la culpa", dijo Llewellyn desesperado. "Soy fui quien dañó el ala de Owain. Yo fui el que lo empujó por la ventana. Debería ser castigado por su muerte".

"Tú eres el líder del clan", dijo su madre. "Alana no es más que una chica Arefol. No pensarán castigarte cuando decidan verla a ella como mucho mas que culpable de la muerte de tu hermano ".

Llewellyn se levantó lentamente de su silla de madera y caminó detrás de la misma. Agarró la parte de atrás de la madera fría, apartándose de su madre.
Él sabía que ella tenía razón. El clan no escucharía sus razones. No castigarían a uno de los suyos cuando había sangre de Arefol lista y esperando ser culpada y derramada.

No, las únicas dos opciones que quedaban para Alana eran la muerte o una vida de esclavitud sexual. Esto último sería visto como un castigo suficiente. Y, los impulsos de los hombres del clan eran lo suficientemente fuertes como para permitirse pasar por alto la muerte de un miembro de su clan.

Si ella no aceptaba convertirse en un consorte para el clan, y Llewellyn estaba convencido de que nunca, jamas le permitiría a ella aceptar tal destino, la única otra opción era la muerte. En la noche de la luna llena, los hombres del clan tendrian o su lujuria por placeres carnales o a su lujuria por sangre satisfecha. No se podria evitarlo. A menos que...

"¿Y si ella desapareciera antes de la ceremonia?", Dijo Llewellyn, mirando a su madre por primera vez. Ella lo miró con la boca fruncida.

"Sabes que eso es imposible", dijo. "La encontrarían a donde ella vaya".

"No si ella desaparece durante el ritual", dijo. "No si ya esta a mitad del manino por mar para cuando termine el ritual".

Esta vez, los ojos de su madre se agrandaron, su piel palideció. Parecía darse cuenta ahora de que él estaba planteando seriamente esto.

"Llew Tu ... no podrias", dijo en voz baja. "Están esperando una muchacha. Les prometieron un Arefol. Si no la entregas ... "

"Sé lo que van a hacerme", dijo Llewellyn con aplomo en su voz. "Estoy dispuesto a asumir ese riesgo".

Su madre lo miró fijamente, sus ojos se endurecieron con cada momento que pasaba.

"Entiendo", dijo ella. "Y, supongo que estás dispuesto a a que pase por el dolor de perder a mis dos hijos en una semana?"

Llewellyn una vez más desvió la mirada de su madre. La verdad era que había pensado en eso. Recordó las lágrimas de su madre después de la muerte de Owain. Se sentían peor que sus lágrimas después de la muerte de su padre. Tal vez porque había tenido tiempo de mentalizarse, de prepararse para muerte de su padre. Pero, con Owain …

Era innegable que el grito de su madre emitió cuando su hermano cayó por esa ventana todavía lo perseguía cada vez que cerraba los ojos. Él sabía que ese recuerdo siempre estaría con el. De todos modos, no podía permitir que Alana pagara el precio por ello.

"No hay otra manera, mamá", dijo.

"Te lo advertí", dijo ella con amargura. "Te advertí que no permitieras que tu pasión por esa muchacha nublara tu juicio y eso es exactamente lo que te ha hecho".

"¿Preferirías que ella muriera?" Preguntó Llewellyn. "¿Preferirías que tuviera más sangre en mis manos?"

"Preferiría que pusieras las necesidades de tu familia por encima de las tuyas", dijo.

Llewellyn abrió la boca para responder, pero lo pensó mejor asi que se contuvo. Discutir con su madre no le haría bien a nadie. Él no cambiaría de opinión y, sabía que ella no cambiaría la de ella

"Madre", dijo tan gentilmente como le fue posible. "Voy a sacarla. No importa lo que digas. No te estoy pidiendo que te involucres. Todo lo que necesito es que me prometas que no se lo dirás a los demás ".

Sus ojos, tan verdes como los suyos, brillaban mientras sus pálidos labios permanecían cerrados en un ceño fruncido.

"Como si eso los forzara a tener que matarte mas rapido", dijo. "Puedes tener mi promesa de que no les diré nada".

Llewellyn asintió levemente con su cabeza cuando su madre se apartó de él y dirigió su mirada a la ventana que daba a un prado llano, a la sombra del monte Snowdon en la distancia.

Pudo percatarse que esa era la señal de su madre para decirle que la conversación había terminado, apunto su cuerpo hacia la puerta y salió de la habitación.

Ahora, todo lo que quedaba por hacer era lo que hace tan solo una semana parecía impensable. Tenía que enviar a Alana lejos. Y con ella, despedirse de cualquier esperanza que su clan él o tuvieran algún futuro.

Capítulo Dos

Alana miró por la ventana esa mañana, como había hecho todas las mañanas desde aquella noche.

Aunque Llew había reabastecido su pequeña biblioteca que había sido destruida, encontró que los libros ya no despertaban el mismo interés. Tampoco, al parecer, podía despertarlo el castillo en ruinas o los grandes acantilados verdes que lo rodeaban.

Cuando miró por la ventana, miró hacia abajo a la hiedra oscura donde aquel cuerpo había caído hace apenas una semana. Ella miró fijamente el parche de hiedra aplastada, como si su mirada pudiera retroceder el tiempo y hacer que fuera lo que era antes, lo que era hace una semana. Un parche ordinario de hiedra en medio de una docena de otros.

Tal vez si lo miraba lo suficiente, si lo transformaba en su mente, todo lo demás también cambiaría. Tal vez no continuaría viendo la cara de Owain pululando en sus recuerdos cuando ella cuando cierra los ojos. Tal vez ella no se estremecería ante el recuerdo de su mano , sin ser invitada, trataba de imponerse y entrar en el cuerpo en ella.

Tal vez, solo tal vez, si ella borraba todo el evento de su mente, Llewellyn volvería a ella. Tal vez él la tomaria en sus brazos y le diria que ella seguiría siendo suya, sin importar lo que hubiera pasado.

Ella no lo había visto desde el día siguiente al evento. Él había venido a su habitación para asegurarse de que ella estaba bien. Cuando ella le aseguró que estaba bien, él se fue. Y eso fue todo.

Por supuesto, se dijo a sí misma, él tenia que cuidar a su madre, estar para ella. Incluso ella le había dicho que esa debería ser su primera prioridad. Era natural que el hubiera escuchado su consejo.

Pero ahora, era el día de la coronación. Y, todavía no tenía idea de cómo estaba su relación con Llew. Si su papel hubiera cambiado. Y, si hubiera cambiado, cuál podría ser su nuevo papel.

Estando ausente de todo, pasó su mano por el alféizar de la ventana y alejo sus ojos del parche de hiedra. Buscó con la mirada las grandes piedras en pie en medio del castillo en ruinas y pensó en el ritual.

Se suponía que Llewellyn tomaría una compañera esta noche. Ahora, dado lo que había sucedido, ella no tenía idea si él lo haría. Tal vez el ritual ni siquiera ocurriría.

De cualquier manera, ella necesitaba a Llewellyn ahí con ella. Si las cosas habian cambiado ... si él ya no la deseaba mas ... ella necesitaba escucharlo de sus labios.

Alana se sobresaltó cuando la puerta de su habitación se abrió. Se dio la vuelta y sus ojos se abrieron de par en par al ver a Llewellyn caminando hacia ella como si sus pensamientos lo hubieran convocado.

No le regalo ningún saludo, pero traía consigo una gran maleta marrón la cual arrojó apresuradamente sobre la cama.

"Llew, qué ..."

"Debes marcharte", dijo.

Ella podía sentir como su corazón se hundía en su pecho, como la sangre se drenaba de su cara, sentir como su piel se helaba.

"¿Marcharme?" Preguntó ella sin aliento.

"Esta tarde. Te colarás por las escaleras traseras hacia la cocina a las tres en punto. No habrá nadie allí que pueda verte."

Sin regarlarle siquiera una mirada, se dirigio apresuradamente hacia su guardarropa y colocó un montón de ropa en la cama. Ella se acerco lentamente hacia él.

"Pero ... pero ¿qué pasa con la ceremonia?", Preguntó.

"No tienes que preocuparte por eso", dijo. "Yo me encargare de eso. Tienes que salir ".

"Tú ... dijiste que me encontrarían sin importar a dónde fuera", dijo ella, esperando que este argumento pudiera detener lo que estaba haciendo. No fue así, continuó moviéndose frenéticamente por la habitación, colocando las cosas en su cama para que ella pudiera organizarlas en la maleta grande.

"El clan puede viajar a través del mar", dijo. "Te he comprado un boleto de ida a Nueva York. Alla deberías estar a salvo.

Ella lo miró haciendo todo lo posible por pensar en algún otro argumento. Alguna razón lógica que haría lógico y hasta obligatorio que se quedara. No le quedaba nada ni nadie en el resto del mundo, de eso estaba segura. No importaba a que parte del mundo se marchara, nunca podría llamar hogar a otro sitio. No mientras Llewellyn, su forma de ser e incluso el castillo en ruinas todavía exista en su mente.

"¿Qué pasa si te digo que no", le dijo ella. "¿Qué pasa si te digo que no me quiero ir?"

La firme conviccion en su voz hizo que Llew se detuviera frente a la cama. Puso ambas manos al lado de la maleta y la miró como si esperara que pudiera proporcionarle algo de consuelo.

"Tienes que hacerlo, Alana", dijo desconsolado.

"No, no lo hare", dijo ella caminando hacia él, llena de seguridad. "Te dije que quiero ser tu compañera. Y lo dije en serio.

Ella le tocó el brazo con suavidad y luego la mejilla, lo que le obligó a mirar sus ojos azules.

El no había visto esos hermosos ojos en casi una semana. Ahora que los miró, se dio cuenta de lo mucho que la había extrañado. Su corazón comenzó a saltar dentro de su pecho cuando ella se acercó más a él.

"No me importa lo que los demás piensen, lo que los demás opinen", dijo. "No voy a ninguna parte."

Con eso, ella cerró la brecha entre ellos y puso sus labios desesperadamente en los de él. Le tomó toda la fuerza de voluntad que poseía para alejarla.

"Alana", dijo. "Te matarán".

Sus ojos se agrandaron de miedo y su rostro palideció como quien ha visto un fantasma cuando dio un paso atrás.

"Los miembros del clan reclamaron tu sangre tan pronto como escucharon lo que pasó", le dijo. "Si no te vas ... si te presentas en ese ritual esta noche ... no saldrás con vida".

Se quedó muy quieta junto a la ventana. El podía ver el rojo formándose en las esquinas de sus ojos, las lagrimas acumulandose dentro de ellos, amenazando con caer irremediablemente sobre sus mejillas.

Contra su buen juicio, contra su fuerza de voluntad, caminó hacia ella y le tomó sus manos.

"Créeme", dijo, tratando de consolarla. "Esta es la única manera."

Dos lágrimas cayeron por sus mejillas cuando él abrió la palma de su mano, se la llevó a los labios y le dio un último beso desesperado.

Alana solo tuvo un segundo para saborear esta despedida antes de que él soltara sus dos manos y saliera marchando rápidamente por la puerta como si estuviera avergonzado de sí mismo.

Se quedó allí un rato largo, mirando el espacio entre la puerta por donde había salido Llew y la maleta abierta en su cama.

Lentamente, se enjugó las lágrimas de los ojos con los puños, se dirigió a la maleta abierta y comenzó a empacar.

Capítulo Tres

Exactamente a las 3 en punto, Alana se movio por las oscuras escaleras tan sigilosamente como pudo. Las escaleras traseras eran mucho mas angostas que las que estaban en el ala principal de la mansion que terminaban en su cuarto. Era una tarea ardua poder moverse silencionsamente por esas escaleras mientras cargaba una maleta.

Ella finalmente logro llegar a la puerta al final de las escaleras y girar el pomo, abriendela. La puerta revelo una gran cocina, de aspecto impecable con un horno para quemar leña y dos estufas.

Alana exploro con la mirada la habitación hasta que, finalmente, encontró la puerta trasera , la puerta por la cual Llew le había ordenado que saliera. Tan rápido como pudo, se dirigió hacia ella.

"Tenia un presentimiento que te enviaría por la parte de atrás".

Alana dejó escapar un pequeño grito sobresaltada al oír la voz de la mujer. Lentamente, se dio la vuelta para ver a una mujer alta que se dirigía hacia ella un pasillo en el extremo más alejado de la cocina.

Podia deducir, por el largo cabello rubio mezclado con el gris y esos brillantes ojos verdes, que esta era la madre de Llew. También sabía lo que Llew decía sobre el clan, reclamando la sangre de Alana. Quizás su madre era parte de todo eso.

Alana puso su espalda rapidamente hacia la puerta, sosteniendo su maleta contra ella como un escudo.

"No hay necesidad de tenerme miedo", dijo la mujer alta. "No te haré daño. Pero necesito hablar contigo rápidamente. El tiempo apremia ".

"¿Tiempo para qué?" Alana preguntó bajando lentamente su estuche, sus ojos aún se estrecharon escépticamente.
"El ritual comenzará después del atardecer", dijo la Sra. Couch. "El clan está esperando que una chica Arefol esté allí. No les importa si te matan por la muerte de Owain o si eres un consorte. De cualquier manera, debes estar allí ".

"Llew dijo ..."

"Llew está dispuesta a aceptar el castigo por ti", dijo.

"¿El castigo?" Preguntó Alana. Sintió que su corazón comenzaba a latir rápidamente, mientras comenzaba a comprender lo que eso podría significar.

"Lo matarán si no estás allí", dijo la mujer.

Alana sintió que sus piernas comenzaban a colapsar debajo de ella.Puso su mano en la pared de la cocina para apoyarse y no irse de bruces.

"Sé que él solo quiere protegerte", continuó la Sra. Couch. "Sé todo lo que significas para él, pero ...no puedo ... no perderé a mis dos hijos".

Alana miró al suelo tratando de ganar tiempo y pensar en una respuesta, en algo que ella pudiera decir que le daria sentido a toda esta locura. Todavía era demasiado para procesar.

"La verdad es", continuó la señora Couch. "Si entras en ese círculo esta noche, no tengo idea de lo que te sucederá. Puedes ser asesinada, podrías ser entregado al clan como consorte, o Llewellyn podría ingeniarse alguna forma de salvarte. Pero, de lo que si estoy segura , es de lo que pasará si no estás allí. Sé que mi hijo morirá ".

Alana se humedeció los labios mientras dejaba que las palabras de la señora Couch se asentaran en su mente. Llewellyn estaba consciente de que él moriría si ella no asistía al ritual. Cuando le dijo que se fuera, sabía que el tendría que pagar el precio de sangre por ella. Y, lo peor de todo, estaba plenamente dispuesto a hacerlo.

Ahora, estaba en sus manos la oportunidad de salvarlo. Incluso si eso significaba morir en el proceso, Alana se dio cuenta de que valía la pena correr el riesgo.

Lentamente, levantó la vista del suelo a los ojos de la madre de Llew. Los ojos que se parecían tanto a los de el, y asintió con confianza.

"Está bien", dijo. "Iré a la ceremonia".

Capítulo Cuatro

Alana se vistió y preparo en la habitación de la señora Couch. Era más grande que la habitación de Alana.

La madre de Llew había vestido a Alana con un vestido largo de chiffon blanco con mangas de campana. Una larga y oscura trenza rodeaba su cabello y una corona de flores rojas había sido tejida en ella.

Una vez que la mujer mayor estuvo satisfecha con el resultado, llevó a Alana fuera de la mansión , hacia el castillo en ruinas. A la luz del sol poniente, Alana pudo ver que más de dos docenas de personas ya estaban de pie, reunidas dentro del anillo de piedras.

La señora Couch mantenía a Alana a una distancia prudente . Oculta bajo la sombra de la mansión.

"No olvides", le recordo la señora Couch. "Cuando llegue el momento, caminarás lentamente hacia las piedras que están erguidas. Los miembros del clan te darán paso sin problemas. Cuando llegues al lado de Llewellyn, repite la frase que te he enseñado".

"Wneudgyda mi felbyddwchyn", repitió Alana con torpeza, con esas palabras galesas sintiéndose extrañas y desconocidas dentro de su boca. La madre de Llew le regalo una mirada llena de critica.

"Supongo que eso será suficiente", dijo finalmente. "Cuando comience el canto, dirígete a las piedras erguidas".

Esperaron lo que para Alana se sintio como una eternidad antes de que el sol se pusiera detrás de los acantilados y la luna llena comenzara a salir.

Cuando comenzó el canto, similar a lo que había escuchado en su segundo día en la mansión, pero de alguna forma, totalmente diferente, el corazón de Alana comenzó a latir dentro de su pecho. Los temblores causados por la ansiedad ante la llegada de lo inevitable cubrieron todo su cuerpo y se sintió plantada en ese lugar. De repente, ella no podía moverse.

La madre de Llewellyn le dio un empujón para forzar que sus pies comenzaran a andar. Caminó lentamente hacia su destino, sintiéndose como un inocente cordero que era llevado a la matanza.

Cuando llegó a las piedras verticales, tal como había dicho la señora Crouch, los miembros del clan se apartaron , abriendo camino para ella. Cuando lo hicieron, pudo ver a Llewellyn parado en medio del círculo.

Tan pronto como ella lo vio, su corazón se asentó y calmo su frenética carrera dentro de su pecho. Incluso cuando el rostro de Llew perdió color y sus ojos se ensancharon en shock ante su presencia, ella no vaciló en su decisión.

"Alana, ¿qué estás haciendo?", Susurró él cuando ella lo alcanzó. "Te dije que te marcharas".

Ella no respondió pero le dio una pequeña sonrisa temblorosa, tratando de reconfortarlo. Cuando el canto llegó a su fin, se arrodilló frente a Llew, tal como le habían indicado que hiciera.

"Wneudgyda mi felbyddwchyn".

Una vez que ella pronunció la frase, lo miró con la esperanza de que él leyera lo que estaba escrito en lo profundo de su mirada. Esperando que él se diera cuenta de por qué ella tenía que hacer esto.

Llew la miró fijamente durante un buen rato y Alana sintió que su corazón se aceleraba dentro de su pecho una vez más.

Finalmente, él agarró su mano cariñosamente entre las suyas y la puso de pie. Antes de que ella pudiera entender lo que estaba sucediendo, él la acerco a su boca para darle beso apasionado y lleno de lujuria. Hubo varios gritos y silbidos de los hombres en la multitud. De sus cantos quedó claro que pensaban que Llew tenía la intención de convertirla en su consorte.

Cuando Llew se apartó de Alana de él, ella se paro firme. Ella había prometido que aceptaría cualquier destino que Llew deseara para ella. Ella había hablado en serio. Ella le pertenecía a él, cuerpo y alma, lo que sea que eso quisiera decir.

Respiró hondo cuando Llewellyn se volvió hacia la multitud.

"Ella", les dijo en voz alta y clara, "es mi pareja elegida".

Los silbidos y silbidos se detuvieron inmediatamente. Un tenso y denso silencio cayó sobre la multitud. A pesar de que el corazón de Alana saltaba de alegría por lo que había oído venir de los labios de Llew, escuchó el sonido de susurros llenos de desaprobación de los hombres a su alrededor.

"Ella me pertenece y nadie más tiene derecho a reclamarla", dijo. "Y ahora se los demostraré".

Alana se quedó paralizada cuando Llewellyn se dirigió agresivamente hacia ella. Pudo recordó lo que significaba estar emparejada con él. Lo que ella tendría que hacer.

Tragó saliva y se enderezó una vez más cuando Llewellyn la tomó en sus brazos y la besó con fuerza.

Este beso fue posesivo, calculado y brusco. No había nada cálido, romántico ni amoroso en ello. Aun así, Alana abrió la boca para darle la bienvenida a su lengua. Y aun asi podía sentir al hombre que deseaba detrás de esa tosca fachada.

Se apartó de ella y le susurró al oído.

"No puedo ser amable delante de ellos", dijo. "Necesitan ver que tengo control sobre ti. Necesitan ver que soy un líder. ¿Lo entiendes?"

Él se retiró un poco y pareció esperar hasta que ella asintió con la cabeza "sí".

Él la miró otro momento, con los ojos suaves, y asintió imperceptiblemente antes de dar un paso atrás otra vez. Podía ver que volvia esa fachada dura, cruel y fría ,arrastrándose sobre su rostro una vez más. Y, ella entendió, él estaría jugando un papel para su audiencia. Ella tenía que jugar el suyo también.

"De rodillas", dijo con firmeza.

Alana bajó los ojos e hizo lo que le ordenaban. Vio cómo Llew se desabrochaba lentamente los pantalones y sacaba su miembro largo, aunque todavía delgado por estar medio erecto.

El presiono su miembro viril contra sus labios y, al mirar hacia arriba, ella entendió lo que él quería. Dubitativamente, ella lamió su longitud antes de abarcarlo lentamente con su delicada boca.

Tan pronto como lo hizo, él presionó sus manos en su cabellera y la obligó a chupar y lamer su virilidad hasta que estuvo completamente duro y su miembro se lleno gruesos jugos provenientes de la excitación.

Ella se quedó sin aliento cuando él tiró de su cabello y levantó su cabeza. Mirándolo a los ojos, ella apartó la boca de él y le permitió que la tomara de las manos y la levantara.

"Ahora, desnúdate", dijo. "Lentamente, para que pueda verte."

Ella pudo ver a la multitud, que ahora murmuraba sorprendida entre sí y, de repente, se quedo inmóvil. Nunca antes se había desnudado frente a otra persona, ni siquiera delante de las mujeres. No sabía cómo iba a mostrarse desnuda ante una multitud de más de veinticuatro espectadores, la mayoría hombres.

Ella perdió el aliento cuando una mano la agarró bruscamente por la muñeca , girándola. Llewellyn se la acercó, con los ojos llenos de fiereza.

"¿Quieres hacerme enojar?", Preguntó.

"N-no señor", dijo tímidamente.

"Entonces mas te vale que hagas lo que te ordeno", le soltó la muñeca y la empujó hasta la mitad del círculo. Ella lo miró y pudo ver en Llew una mirada mas suave. Podía ver caer la fachada.

Manteniendo sus ojos fijos en los de él, lentamente estiro su brazo y desató el broche de su vestido. Con la misma lentitud, se quitó el vestido de los hombros y dejó que se deslizara sobre sus caderas mientras la gravedad lo dajaba caer al suelo.

Llewellyn se acariciaba, dándose placer casi tan lentamente como se ella se desnudó. Perezosamente pasaba una mano por su miembro mientras sus ojos recorrían cada centímetro de la suave y bronceada piel de la muchacha.

Cuando Alana por fin se deshizo de su sostén y las bragas, se estremeció ante la ligera brisa que beso su piel, muy consciente de que estaba completamente desnuda, completamente vulnerable frente a estos hombres.

"Ven a mí", dijo Llewellyn torciendo su dedo y llamándola.

Él tomó su mano y la llevó una parte detrás del círculo, donde estaba una áspera silla tallada en roca. Llewellyn se sentó en este trono y, una vez más, le hizo señas a Alana. Ella se acercó a él y se quedó a su lado.

Agarró su cintura y forzó su boca sobre la de él una vez más para besarla. Y una vez más, se acerco hacia su oreja.

"No tengas miedo", susurro.

Con eso, la agarró por la cintura y la obligó a apoyarse sobre su rodilla. Su boca se cerró con fuerza sobre su cuello mientras chupaba y mordía su carne. Sus manos apenas en enfocaron en sus senos antes de moverse hacia la entrepierna de la muchacha.

Ella gritó cuando sus dedos encontraron su clítoris y comenzó a rodearlo una y otra vez, llevándola al borde del éxtasis para luego retroceder.

"¿A quién perteneces?", Preguntó Llewellyn en voz tan alta que la multitud, que aun observaba perpleja, podía oír. La tocó de nuevo justo donde ella quería ser tocada, donde necesitaba ser tocada.

"A...A..A ti", dijo ella desesperadamente entre jadeos. "Te pertenezco."

"¿Alguna vez pertenecerás a alguien más?", Preguntó viéndola directamente. Antes de que ella pudiera responder, él tomó dos dedos y los empujó bruscamente dentro de ella.

"N.. No. A nadie más ", exclamo sumida en el extasis. Sus dedos se movieron dentro de ella y ella gritó de nuevo cuando él logro alcanzar todo su deseo.

"¡Oh, Dios!", Dijo ella. Tan pronto como ella lo hizo, él le quitó los dedos y ella dejo salir un gemido de protesta. Pero, antes de que su corazón pudiera calmarse y hundirse en decepción, él la jaló bruscamente hacia él y se movió debajo de ella.

Antes de que ella pudiera prepararse, él empujó dentro de ella su virilidad, con toda la fuerza que tenía.

Ella gritó, primero en el dolor. Ese objeto extraño que se movía contra ella causó una sensación de puñalada en lugares que ni siquiera sabía que tenía.

De repente, extendió un brazo para cubrir su pecho y, brevemente, dejó de moverse.

"Relájate", dijo. "Sólo soy yo. Estoy aquí. No te haré daño".

Respirando profundamente, ella giró su cuello para mirarlo. Sus ojos eran suaves y comprensivos otra vez. Suavemente, ella asintió con la cabeza, mostrando su comprensión.

Tan pronto como ella lo hizo, sus ojos se endurecieron una vez más y comenzó a empujar con fuerza hacia ella. Respiró hondo y, por primera vez, sintió un increíble e indescriptible placer que yacía escondido detrás del dolor.

Llewellyn estaba dentro de ella. Él era parte de ella. Ese solo pensamiento causó que su humedad inundara y fluyera hacia su centro, aliviando las arremetidas de su amante. Cuando él tomó su brazo y la envolvió alrededor de la cintura, ella se quedó sin aliento cuando él comenzó, una vez más, a usar su mano para estimular su clítoris.

"Una vez más, mi pequeño Arefol", dijo. "¿A quién perteneces?"

La presión que crecía dentro de ella por sus poderosos empujes mezclados con las picaras estimulaciones en su clítoris eran casi suficiente para dejarla sin palabras. Entonces, ella dejó escapar un grito cuando la mano libre de Llew golpeó contra su trasero.

"Respóndeme," gruñó. "¿A quién perteneces?"

"Te pertenezco", dijo casi sin aliento. "Siempre te perteneceré".

"Bien", Ronroneó. "Ahora ven, acaba, córrete por mí, mi pequeña y encantadora Arefol".

Con otro movimiento de su dedo contra su clítoris y un fuerte empuje dentro de ella, el orgasmo de Alana finalmente llego, mientras ella, gritando y jadeando, hacia sonidos que no sabía que podía hacer.

Él la siguió al climax poco después , apretándola rápidamente contra su pecho desnudo, maldiciendo en su oído.

Cuando el terminó, la mantuvo allí por varios momentos. Ella escuchó su respiración y sintió que se sincronizaba a tiempo con la suya. Finalmente, le dio un beso en el cuello y movió los labios a su oreja.

"Te amo", le susurró.

Alana no tuvo oportunidad de responder antes de que la apartara de él, doblara su miembro de nuevo en sus pantalones y se moviera hacia el centro del círculo una vez más.

"Ustedes son testigos", dijo. "He hecha mía a mi pareja. Ella es mía y yo soy suyo.

Hubo silencio dentro del grupo, un tiempo de espera que pareció una eternidad. Alana temió por un momento que no hubiera sido suficiente. Que el clan exigiría que ambos murieran.

Entonces, desde de algún lugar cerca de su espalda, una voz gritó.

"¡Ella es tuya para siempre!"

Más voces comenzaron lentamente a repetir el mismo mantra. Alana miró a Llewellyn, quien, aparentemente satisfecho, le sonrió.

Luego, rápidamente, él movió sus manos debajo de ella y la levantó en sus brazos como si fuera una novia de camino a su suite de luna de miel.
El grupo se calló cuando salieron de la misma manera en que Alana había entrado. Cuando salió del círculo, pudo escuchar un fuerte grito de júbilo y, pronto, las voces y la música de risa los acompañaron.

De alguna manera, lo habían logrado. Llewellyn había confirmado su autoridad. Su lugar como el líder del clan nunca sería cuestionado de nuevo.

La llevó cargada por las escaleras hasta que llegaron a su dormitorio. Una vez allí, la dejó suavemente, su forma desnuda yaciendo seductoramente contra las sábanas de satén.

"¿Lo hice bien?", Preguntó con una sonrisa juguetona en la cara.

"Estuviste perfecta ", dijo con suavidad. "Ellos quedaron prendidos de ti de inmediato".

"¿Cómo lo sabes?" Preguntó ella.

"Porque no intentaron matarte", dijo. "Estaba claro tan pronto como entraste, casi todos los hombres en ese círculo te querían poseer. Todos los pensamientos de derramar tu sangre en represalia por la muerte de Owain desaparecieron en el momento en que te vieron ".

"Apuesto a que no estaban muy contentos cuando descubrieron que no me podrían hacer suya", dijo.

"Ellos tendrán que vivir con eso", dijo. "Si no ...pues ellos saben cuales son las consecuencias de retar al líder del clan".

Se inclinó y, una vez más, besó sus labios. Mirándola ahora, tendida, extendida para el, desnuda y vulnerable, apenas podía creer que ella fuera suya. Que esta hermosa mujer no pertenecería a nadie más que a él de ahora en adelante.

"Entonces, ¿qué sigue?", Preguntó Alana picaramente.
"Ahora", dijo Llew quitándose los pantalones y uniéndose a ella en la cama. "Me toca poseer a mi esposa sin una audiencia".

"Me parece bien", dijo con una sonrisa.

Y, mientras su marido se movía contra ella. Mientras besaba, tocaba y adoraba cada centímetro de su cuerpo, Alana sabía que, por fin, había encontrado su hogar.

La ultima de los Draycen

Colección romántica y erótica de libros en Español, sobre sexo y fantasía

Por: Lea Larsen

Tabla de contenidos:

Capítulo Uno 176

Capítulo Dos Elanor 181

Capítulo tres Evander 195

Capítulo cuatro-Eli 212

Capítulo Cinco-Evander 224

Capítulo seis-Eli 263

Capítulo Siete Evander 287

Capítulo Ocho Eli 301

Capítulo Nueve Evander 311

Capítulo diez-Eli 321

Capítulo Once-Evander 342

Capítulo Doce-Eli 351

Capítulo trece-Evander 366

Capítulo catorce-Eli 372

Capítulo Uno

Prólogo Evander

Ella vino en el verano. Mirando hacia atrás, tal vez era lo adecuado. Habíamos logrado encontrar a la ultima de los Cambia formas Draycen en uno de los días más largos del año. Los días cuando la noche casi no caía en las tierras altas escocesas. Fue entonces cuando nuestra luz, nuestra esperanza, regreso a nosotros.

Por supuesto, ella no regreso a nosotros por su cuenta. Ella llego cerca a nuestras tierra sin saber quién era o que era lo que le esperaba cuando ella llegara. Pero, ella pronto lo descubrió por sí misma, y cuando ella lo hizo, nosotros también.

Ella llegó como un murmullo ese día, el vigésimo primer día de Junio. Primero adolescentes con teléfonos móviles y con acceso a internet, , que llegaba incluso en nuestra remota aldea de las tierras altas , comenzaron a mostrar videos de ella e intercambiar historias sobre su avistamiento. Luego, los más ancianos comenzaron a susurrar entre ellos.

"No puede ser, ¿o sí?" "¿Otra Cambia formas?" "¿Se le debe informar a Douglas?""¿Podría ser la ultima Draycen?"

Mi padre, Douglas Craig, jefe del último clan de los cambia forma de dragón, fue informado. Su enfermera, mi tía, Fiona, fue a su lecho y le dio las noticias. Casi tan pronto lo hizo, el me hizo llamar

"Evander", mi padre dijo desde su lecho. A pesar de que su cuerpo había sido marcado con una horrible enfermedad que hizo que su rostro estallara en urticaria y que sus piernas dejaran de funcionar casi por completo, su voz permanecía fuerte y clara.

"Si, Da" Le respondí.

"Yo necesito que encuentres a la muchacha" El dijo " Los Sealgaig claramente están buscándola. Si la descubren antes que nosotros, no necesito decirte que significaría para nosotros"

El no necesitaba decírmelo. Si esta muchacha era una cambia formas, y YO estaba casi seguro que las historias y videos que estaban siendo compartidos en la aldea probaban que si lo era, entonces ella era la última que quedaba de nuestra raza que no fuera parte del clan Craig.

Esto significaba que ella podría ser una pareja de alguien del clan y continuar la antigua tradición de nuestra gente.

Si los Sealgaig, los cazadores, la encontraban, la matarían apenas tuvieran la oportunidad. Y, al hacerlo, ellos condenarían a nuestro pueblo.

Sí, yo sabía lo que estaba en riesgo, tanto para la muchacha como para mi gente. Pero, había problemas. Muchos de ellos, el primero siendo:

"¿Cómo voy a encontrarla? En este momento ella podría estar en cualquier lado"

"Hay rumores de que ella fue al norte desde Edimburgo" el dijo "Si la muchacha es una cambia formas de dragón, su instinto le dirá cual camino tomar desde ahí."

"Y, ¿si no lo es?" Pregunte.

"Entonces ella no será de nuestra incumbencia" respondió mi padre. Había cierta frialdad en su voz. Lo había escuchado antes y sabía que era algo que había adquirido para mantener su distancia. Después que Mama muriera, Da trataba de distanciarse de todo que le recordara a ella, o lo que el sintió. Eso me incluía a mí. Y, de alguna manera, yo sabía que incluiría a la muchacha también.

"Cuando la encuentres" Da continuo. "Tráela aquí. Nosotros decidiremos qué hacer con ella desde ese punto."

Tenía un millón de preguntas para mi padre, No siendo la menos importante porque se me designo esta tarea. Porque él me llamo para verlo por primera vez en más de un año. Porque él no me habló, o confortó o me calmó cuando mama fue asesinada.

Pero, yo sabía que estas eran preguntas que él no respondería, ni siquiera si me atreviera a preguntarlas. Así que, en lugar de eso, hice lo que siempre hacia en presencia de mi Da

"Si,Padre"

Y, con una pequeña reverencia, Todavía acostumbrado, incluso después de casi mil años, me moví fuera de la puerta de la habitación de mi padre y me puse a trabajar en la tarea que se me fue asignada.

Yo no sabía entonces que mi viaje me llevaría a mas que un compañero Cambia formas. Yo no sabía entonces que Eleanor Drake seria la persona que no solo traería luz a nuestro clan, sino también a mi corazón.

Capítulo Dos Elanor

Yo era tan feliz.

Eso es lo que más recuerdo del ultimo día. A pesar de que mi madre me apretaba la mano como si alguien estuviera a punto de secuestrarme, a pesar de las grandes multitudes en el Castillo de Edimburgo, a pesar de que la gente me empujaba y me empujaba, para ir de un lugar a otro, estaba extasiada.

Lleve a mi madre hacia un grupo de tour que recién había comenzado a formarse dentro de las puertas del castillo.

"Eli," Ella dijo "No tan rápido, no voy a poder mantener el ritmo".

"El guía ya comenzó a hablar," Dije.

"Todavía no veo porque tenemos que ir en un tour con una docena de extraños" se quejo mama mientras yo mantenía mis ojos enfocados en el grupo delante de nosotras. Un joven con una camisa borgoña estaba parado al frente de ellos

"Ellos tiene el audio del tour. Seria mas fácil tomarlo por nuestra cuenta"

Puse mis ojos en blanco. Este era el freno que siempre había escuchado de mi madre desde que nos montamos en el avión desde nuestro hogar en Baltimore hacia Glasgow, Escocia.

Era como sacarle un diente hacer que siquiera me dejara hacer este viaje. A pesar que mi abuela adoptiva me lo había regalado por mi cumpleaños, a pesar de que mi mama y mi papa no tenían que pagar un centavo por él, ellos todavía no pensaban que era buena idea.

Y,desde que aterrizamos, mama insistía en mantenernos tan lejos como fuera posible de los grandes grupos y multitudes. Aparentemente ella estaba temerosa de perderme.

"Mama, si quieres coger el audio del tour, está bien" Dije "Pero todos dicen que tienes que tomar el tour guiado si realmente quieres la experiencia, podemos vernos en la entrada en dos horas"

"Entonces supongo que hare el tour" Dijo mama con un largo y sufrido suspiro, agarrando con más fuerza mi mano.

Ahora, era mi turno de suspirar. Ninguno de mis padres, especialmente mi mama, parecía dase cuenta de que ya era una mujer de veinte años. Totalmente capaz de ir a sitios por su cuenta, incluso países extranjeros.

Finalmente, subimos hasta el final del tour. Mientras el guía del tour hablaba sobre la historia del viejo castillo y los grandes hombres y mujeres que había vivido ahí, el nos guio arriba y más arriba, pasando escalones, rampas y colinas. Cada vez que él lo hacía , encontraba mis ojos deambulando hacia el verde brillante y los acantilados marrón rojizo a la distancia.

Lo sabía , esto, esto eran las tierras altas. Cuando alcanzamos lo que el guía nos dijo que era el punto más alto del castillo, Caminé hasta el borde del parapeto y miré a través de la ciudad hacia el campo salvaje en la distancia.

Ya ese sitio me llamaba. Sentía una especie de tirón, una gravedad inevitable hacia esas colinas rocosas y valles verdes punteados con brezo blanco y purpura.

En el fondo de mi mente, me dije a mi misma que esto era probablemente una invención de mi mente. Solo había pasado un año desde que supe mi verdadera ascendencia. Un año desde que mi abuela, en contra de los deseos de mis padres adoptivos, iniciara la búsqueda de mi nombre de nacimiento original, Draycen, y encontró que venía de las tierras altas escocesas

Supongo que era solo natural asumir que yo tenía una especie de conexión espiritual profunda con este lugar. Al igual que solo era natural que quisiera visitar la tierra de donde venia.

Sin embargo, cuando vi esas tierras altas, algo se sintió diferente. Era como un llamado dentro de mí. Algo diciéndome que abandonara todos mis planes y marcara el rumbo inmediatamente hacia esas colinas.

Antes que pudiera sacudir el impulso de mi mente, sentí a mi madre coger firme mi mano.

"Eli, nos vamos de vuelta" ella dijo. Mire por encima para lograr ver al grupo bajar por el lado trasero del castillo. Mientras mama y yo seguíamos el rastro de ellos, vi a dos hombres en trajes grises caminar casualmente hacia nosotros y unirse a nuestro grupo

Mama pareció haberlos pillado también, ella miro rápidamente hacia ellos antes de coger con fuerza mi brazo y jalarme hacia ella.

"¿Mama, que pasa?" Pregunte agitada por su repentino y feroz agarre.

"Nada cariño" dijo aunque su voz estaba distinguidamente temblorosa "Solo estoy un poco cansada. Tal vez deberíamos terminar aquí y volver."

"Pero...el tour no ha finalizado."

"Creo que hemos visto suficiente"

Mamá ahora me empujaba hacia los escalones que se alejaban del grupo y regresaban a la entrada del castillo. Para mi sorpresa, los hombres de traje también se alejaron del grupo y nos siguieron.

"Mama, Que-"

"No preguntes, y no mires hacia atrás," me susurró ferozmente. Ahora, llevándome tan rápido como pudo por una gran rampa, sentía como íbamos avanzando empujando contra los turistas y pequeños grupos que subían los escalones del castillo.

"Solo mantén la cabeza gacha y sigue avanzando."

Hice justamente eso por varias escaleras. La marcha de mamá se aceleró casi a medida que nos acercábamos a la entrada. Podía escuchar a los hombres detrás de nosotras aumentar su velocidad también, pero no me atreví a mirar hacia atrás.

Entonces, justo cuando estábamos a punto de alcanzar el letrero que marcaba la entrada al Castillo de Edimburgo, mamá se detuvo en seco y quedó sin aliento.

Otro hombre, alto con pelo corto y rizado, de color sal y pimienta, con un traje negro completo y gafas de sol se dirigió hacia nosotros. Ninguno de los turistas o trabajadores parecían notarlo. Pero, cuando miré a mi mama, vi que su cara se ponía blanca. Supe al instante que estábamos atrapadas.

Mamá tomó mi brazo una vez más y me arrastró a un pequeño callejón justo al lado de la entrada. Vi al hombre del traje oscuro girar para seguirnos y estaba segura de que los otros dos hombres, de traje gris también estaban pisando nuestros talones.

Mamá y yo corrimos hasta que llegamos a un callejón sin salida cerca de la pared. Mamá agarró la bolsa alrededor de su brazo y reviso rápidamente dentro.

"Toma esto", me dijo ella sacando un pequeño brazalete de oro.

"Mamá, que-"

"No hay tiempo para explicar", dijo. "Cuando escapes, y lo vas a lograr, asegúrate de dirigirte hacia el norte. Sabrás el camino a seguir. Estoy segura de que los demás te encontrarán allí".

"¿Que otros? Mamá, ¿qué está pasando?

"Eli, por favor", dijo ella. "Tan pronto como lleguen, necesito que salgas corriendo lejos de mí lo más rápido que puedas. ¿Lo entiendes?"

"YO-"

"¡Hágase a un lado!"

Vi la cara de mamá volverse blanca ante el sonido de la nueva voz. Estiré mi cuello y miré detrás de ella. Allí, vi a los tres hombres. El hombre de negro parado frente a los otros dos, con un arma levantada y apuntándonos. Los otros dos firmes y atentos, como atentos centinelas.

Lentamente, mamá se volvió hacia él.

"Eli, corre", dijo de inmediato. Intenté correr, intenté moverme pero me quede helada en el piso.

"No quiero matarte", le dijo en voz baja el hombre con la pistola a mi madre. Apenas reconocí el acento escocés en su voz baja y oscura.

"Sabes que solo vine por la muchacha".

"¡Eli, por favor!", Dijo mamá todavía encarándolo. "Tienes que-"

Hubo un sonido tan fuerte que apreté los ojos. Cuando los abrí, grité.

"¡Mamá!"

Me arrodillé junto a mi madre. Sus ojos azules, abiertos y vacíos, la sangre goteaba del centro de la camiseta blanca que había usado ese día.

"Levántate, niña," dijo la voz. Lo miré. Cuando observé su rostro pálido, su expresión impasible, una rabia, como nunca antes había sentido, comenzó a llenarme.

Apuntó el arma directamente hacia mí y sentí que mis hombros, mis brazos, mis piernas, cada miembro de mi cuerpo comenzaban a tensarse. De repente, sentí un dolor como si hubiera fuego siendo disparado a través de mis extremidades, mis manos, mis brazos, cada apéndice.

Justo cuando el hombre de negro apretó el gatillo, justo cuando se escuchó el ensordecedor "BANG" una vez más, me sentí despegar del piso.

Ya no era yo misma. No era Eleanor Drake de Baltimore. Sentí grandes y poderosas alas batiéndose hacia mi cuerpo y sabía que era una bestia. Además, sabía que era una bestia que podía vengarse.

Solté un rugido y apenas oí al hombre del traje negro llamar a sus compañeros.

"¡Busca las flechas! ¡Rápido!"

Pero, los hombres de gris no fueron lo suficientemente rápidos, me eleve sobre ellos mientras salían corriendo del callejón hacia la entrada principal del castillo. Planeando bajo, con otro poderoso rugido, instintivamente, abrí la boca y dejé que toda mi rabia se derramara sobre ellos.

Las llamas capturaron a los hombres en gris al instante. Vi como se extendían de ellos a otros. Turistas con cámaras, niños abrazando fuertemente las manos de su madre. Sus voces que gritaban fueron ahogadas por mis llamas.

Los otros gritaron y corrieron hacia la entrada como una horda masiva. Me elevé más y examiné el daño que mi venganza había causado. Vi él una vez gran castillo estallando en llamas que fluían rápidamente.

Sintiendo algo entre la satisfacción y el disgusto, tomé mi nuevo y fuerte cuerpo y lo giré hacia el norte, hacia las colinas y los valles que me atraían.

No fue hasta que dejé la ciudad, no fue hasta que el fuego y la furia quedaron detrás de mí que aterricé entre el brezo blanco a lo largo de una colina verde. Tan pronto como lo hice, sentí que mi cuerpo comenzaba a retraerse. Un agudo y doloroso chasquido empujó mi piel y mis huesos firmemente en su lugar.

Cuando se completó la transformación, cuando supe que volvía a ser yo misma, colapse inmediatamente sobre la suave hierba que tenía delante. Mi respiración era pesada y mis huesos se sentían como si los hubieran pasado por un molino. Aplastada y reordenada y vuelta armar.

Las lágrimas se mezclaron con el sudor de mi frente, pero, sabía que no tenía tiempo para llorar. No tenía tiempo para llorar. Ese hombre, el del traje negro todavía estaba detrás de mí. De alguna manera, lo sabía. Y, lo que es más, después de lo que había hecho, después de todo, el caos y la destrucción, ciertamente ya no era el único que me buscaría.

Levantándome, ignorando los gritos de dolor de mis extremidades, me puse de pie y observé mis alrededores. En la parte inferior de la colina, había un camino. Algo profundo dentro de mí me dijo que lo siguiera.

Mi madre me había dicho que yo sabría a dónde ir. Con una hinchazón profunda en mi pecho, miré hacia mi muñeca. La pulsera seguía allí. Brillando a la luz del sol de la tarde.

Cuando lo miré, recordé el rostro de mi madre cuando me lo dio. Se veía tan desesperada. Recordé su mano en la mía, su toque cálido y maternal contra mi piel.

Nunca volvería a sentir eso. Ella se había ido.

Las lágrimas nublaron mis ojos. Las aparté lo mejor que pude y me dirigí, cojeando, hacia la carretera de abajo.

Capítulo tres- Evander

El jeep no era confiable.

Perteneció a mi padre hace años. Me lo había entregado. Le había dicho una y otra vez que necesitamos algún tipo de transporte nuevo. Una y otra vez, dijo que no debemos abandonar las tierras del clan a menos que fuera absolutamente necesario. Al parecer, conseguir un automóvil que funcionara más de la mitad de las veces no era absolutamente necesario.

Conduje lentamente, con mis ojos dirigiéndose a ambos lados de la carretera en busca de cualquier signo de una muchacha. Este camino era estrecho, rocoso y casi nunca nadie lo utilizaba. A medida que avanzaba, no podía ver ni un solo signo de vida. Ni otro auto o humano por millas, por no hablar de un cambia formas de dragón rebelde.

Casi había decidido devolverme cuando la vi. Su cabello rojo rizado era imposible de pasar desapercibido, incluso a varios kilómetros de distancia. Reduje la velocidad hasta que ella se dirigió hacia mí.

Cuando lo hizo, pude ver las quemaduras y los arañazos en sus manos y pies, su camisa verde y sus pantalones vaqueros estaban chamuscados y ella seguía mirando detrás de ella como si estuviera aterrorizada de que alguien o algo la hubiera seguido hasta aquí.

Claramente, esta era la chica que estaba buscando. Aunque, mientras me acercaba a ella, todavía podía ver las llamas del fuego desde la distancia. Era posible que ella simplemente fuera una refugiada del Castillo de Edimburgo, vagando confundida después del incendio.

Me detuve a un lado de la carretera donde caminaba y bajé la ventanilla del conductor.

"¿Necesitas que te lleve?" Pregunté.

Ella se sobresalto cuando me miró. Había varias quemaduras en su rostro pálido, todavía lleno de pecas. Incluso con sus mejillas regordetas y baja estatura, no pude evitar sentir que mi pulso comenzaba a acelerarse cuando su camisa reveló un toque de la cremosa piel en su torso.

"Sí", dijo la niña rápidamente.

"¿Hacia dónde te diriges?" Le pregunte

"A cualquier sitio. Pero, no a grandes ciudades", remendó rápidamente.

"Estás de suerte", le dije. "Me dirijo a Fairloch. Está a unos veinte millas de carretera. Entra."

Incliné mi cabeza hacia el lado del pasajero del auto, ella se apresuro hacia ese lado y entró. Incluso cuando se movió en el asiento y cerró la puerta, siguió mirando por encima del hombro, su cuerpo tenso y alerta como si estuviera aterrorizada de que una gran fuerza invisible iba a encontrarla y destruirla en el camino desierto.

Miré a la muchacha mientras le daba la mano, con los ojos bien abiertos y con ganas, más que nada para preguntarle qué la había agitado tanto. Pero, cuanto más tiempo permanecí inmóvil, más frenética parecía estar.

"¿Y bien?" Preguntó ella. "¿Nos vamos?"

"Depende, ¿vas a decirme tu nombre?", Le pregunté. Ella dejó escapar un pequeño sonido de frustración antes de responder tan rápido como pudo.

"Eli".

"¿Eli qué?"Pregunté.

"¿Importa?", Dijo la niña en voz alta. "Por favor, sólo conduce".

"Está bien, está bien", le dije un poco sorprendido por su repentina irritación.

Giré en silencio la llave en el encendido, rogando que el jeep arrancara. A veces no arrancaba el motor después de largos períodos de estar sin actividad, y antes de salir a esta exploración había pasado días sin ser usado.

Dejé escapar un suspiro de alivio cuando escuché que el auto encendía así que empecé a conducir carretera abajo.

Mientras conducíamos, los ojos de Eli continuaban mirando rápidamente detrás de ella. Nos quedamos en silencio mientras me dirigía al norte hacia los acantilados donde estaba nuestro pequeño pueblo. Mientras tanto, no pude evitar mirarla furtivamente, aunque ella nunca parecía inclinada a verme.

Mantuvo sus ojos fijos en la ventana y sus manos temblorosas se movieron una contra la otra como si el movimiento constante mantuviera a raya algún gran mal.

"Soy Evander, por cierto".

Eli saltó y casi gritó ante el repentino discurso. La vi colocar una mano en su corazón y respirar profundamente antes de responder.

"U-un placer conocerte", dijo abstraídamente. Su voz temblaba tanto como sus manos.

"¿Te importa si te pregunto qué te pasó?"

Ya tenía una ida, por supuesto. Pero, habían pasado años desde que un cambia formas había tomado forma de dragón en público. Y, dado el temblor en las manos de Eli y las miradas paranoicas a lo largo del camino, sabía que algo tuvo que haber provocado el cambio.

Eli se volvió hacia mí, sus ojos verdes miraban directamente a los míos con una mirada amplia, asustada y escéptica. Pero, había algo más allí también. Algo como fuego, pasión y rabia, todo mezclado.

Sentí que su mirada me golpeaba el corazón y sentí un escalofrío recorrer mi espalda. Claramente, ella era una cambia formas. Había visto esos mismos ojos verdes mirarme desde casi todos los miembros de mi clan. Pero, el golpe al corazón, el escalofrío, el fuego y la pasión, eso era nuevo.

Nunca había sentido algo así cuando había mirado a los ojos de otro de mi clase antes. Esos ojos, de hecho, me hicieron mirar a esta muchacha con una luz completamente nueva. De repente, su piel pálida parecía brillar con la necesidad de ser tocada, fui atraído por sus pequeños labios rosados y sentí una desesperada necesidad de probarlos por mi cuenta.

"No me creerías si te lo dijera", dijo ella.

Incluso su voz temblorosa, atada con miedo y escepticismo, pareció surcar caminos bajo mi piel, causando que temblara de deseo.

Me obligué a aclararme la garganta antes de contestar.

"Pruébame", le dije.

Esos ojos me miraron una vez más. Su mirada era cautelosa y precavida, ya que parecía tratar de decidir cómo proceder.

Finalmente, ella comenzó a hablar. Me contó cómo había venido a Escocia desde los Estados Unidos en un viaje con su madre adoptiva. Cómo había estado tan desesperada por encontrar las raíces de su pasado que, aparentemente, estaba en las tierras altas escocesas.

Me contó cómo los hombres habían comenzado a seguirla a ella ya su madre en el castillo de Edimburgo. Ella describió a su madre tomando su brazo y tirando de ella hacia un callejón. Me contó cómo su madre le dijo que corriera cuando finalmente estaban acorralados, cómo uno de los hombres. Un hombre alto con pelo de sal y pimienta, vestido con un traje negro y gafas de sol, había matado a tiros a su madre y le había apuntado con el arma.

Allí, ella se detuvo como si ese fuera el final de la historia.

"¿Qué pasó entonces?", Le pregunté, animándola a continuar. Apartó la vista de mí y llevó distraídamente su mano a una pulsera de oro en su muñeca.

Mi corazón se detuvo cuando me llamó la atención por primera vez.

"Entonces me escapé y corrí aquí", dijo vacilante.

"Hay más que eso", le dije. Mis ojos permanecieron en esa pulsera tan familiar que brillaba en la penumbra del sol escocés.

"¿Cómo sabes eso?", Preguntó, volviéndose hacia mí. Esa misma mirada cautelosa, cauta en sus ojos.

"Estás chamuscada de pies a cabeza, por ejemplo", le dije. "Y luego, ahí está la pulsera".

"¿Qué con ella?", Preguntó cubriéndola con su mano como si intentara protegerla de mi mirada.

"Sé lo que es", le dije. "Es la marca del clan Draycen".

Ante la palabra Draycen, vi que sus ojos se ensanchaban y se volvió hacia mí con una especie de hambre en su expresión.

"¿Qué quieres decir con el clan Draycen?", Preguntó.

"Quiero decir, el clan de cambia formas de dragón más fuerte en las tierras altas".

"Cambia formas....Dragón?" Preguntaba ella con su voz repentinamente aguda y temblorosa

"Seguramente no pensaste que eras la única?"

No pude evitar ofrecerle una pequeña media sonrisa. Sus ojos se agrandaron y sus manos comenzaron a temblar una vez más, la vi mirar hacia la puerta del jeep como si intentara decidir si debía saltar del carro y huir.

"No te preocupes", le dije haciendo mi mejor esfuerzo para calmarla. "Estoy aquí para ayudarte. Estarás a salvo a donde vamos".

Sus ojos se volvieron hacia mí, fijándome con esa mirada penetrante. Sabía que ella estaba tratando de decidir si confiar o no en mí. Aun así, sentí su mirada como fuego bajo mi piel.

"¿Cómo lo supiste?" Preguntó ella, finalmente pareciendo acomodarse en su asiento. "¿Cómo supiste lo que yo... lo que podía hacer?"

"No me creerías si te lo dijera", le dije con una sonrisa, haciéndome eco de sus palabras de antes. Esperaba que una respuesta ligeramente alegre la tranquilizara más. Fui recompensado con una pequeña y temblorosa sonrisa.

"Pruébame", dijo repitiendo mi respuesta. Sentí mi sonrisa crecer por su propia cuenta.

"Facebook", le dije.

"¿Qué?"

Me miró con el ceño fruncido, como si pensara que yo estaba loco.

"Te has vuelto viral, chica. Casi tan pronto como sucedió tu cambio, hubo videos de todo esto en Internet. Cuando mi padre lo vio, me envió a buscarte y llevarte de regreso a nuestro pueblo donde estarías a salvo".

"¿Por qué no me lo dijiste enseguida?", Preguntó.

"¿Me habrías creído si lo hubiera hecho?"

Ella frunció los labios y pareció considerar eso antes de volver a hundirse en su silla, como si concediera a el punto.

"Entonces, lo que hice... lo que puedo hacer... ¿tú también puedes hacerlo?", Preguntó.

"Sip", le contesté. "Y hay mucho a más que pueden cambiar también. Aunque, no hay muchos de nosotros ahora. Eso es culpa de los Sealgaig ".

"Sealgaigs?"

"Cazadores", le dije, traduciendo el término gaélico. "Ya conociste a algunos de ellos en el castillo".

"¿Quieres decir que esos hombres están... me están cazando?", Preguntó. Una vez más, miró hacia atrás por el camino, como si estuviera aterrorizada de que, ante la mención de su enemigo, apareciera de repente.

"No solo a ti, chica", le dije. "Ellos nos cazan a todos. Lo han hecho durante miles de años. Ahora, mi clan es el único que queda".

"Excepto por mí", dijo en voz baja como si tratara de aceptar la idea.

"Excepto por ti", respondí tan gentilmente como pude.

Su rostro cayó y todo su cuerpo pareció quedarse sin esa energía ansiosa que una vez había tenido. Miró hacia delante, con el rostro impasible, los ojos vacíos.

Sentía lo que ella estaba viendo en su mente. Sentiría lo que esta conversación sobre su herencia le había hecho repetir. Me había pasado muchas veces antes.

Después de mi madre, yo podría sentarme durante horas viendo la escena reproduciéndose una y otra vez en mi cabeza. Tratando de entender lo que había salido mal. Cómo podría haberlo cambiado.

Fue tanto un ejercicio inútil para mí como lo fue para Eli ahora. Lo supe incluso entonces. Pero, no pude evitar que las imágenes vinieran. Sabía que ella no podría detenerlos ahora, sin importar cuánto lo intentara. También sabía que solo había un remedio que podría aliviar un poco el dolor.

"Descansa," le dije. "Has pasado por más que suficiente hoy y tenemos mucho camino por recorrer antes de llegar al pueblo".

Con los ojos aún enfocados e impasibles, asintió y echó la cabeza hacia atrás. Finalmente, ella pareció forzar a sus ojos cerrar.

Eché un vistazo a su forma durmiente, rezando para que nada la molestara mientras manejaba dando tumbos el camino rocoso hacia las tierras del clan Craig.

Capítulo cuatro- Eli

BANG

Mis ojos se abrieron de golpe cuando el jeep se sacudió hacia adelante y me sentí volando hacia el tablero. Use mis manos para detener mi caída antes de que la impacto a me empujara con la misma violencia hacia atrás.

Cuando miré por el parabrisas, mis ojos estaban cubiertos por un velo de humo blanco que ascendía en espiral desde la parte frontal del jeep.

"Eso no es bueno", mi compañero murmuró cuando el jeep se detuvo. Se desabrochó el cinturón de seguridad y abrió la puerta.

"Espera aquí", dijo girándose hacia mí. Antes de que pudiera protestar. Antes de que pudiera decirle que no teníamos tiempo para esperar. Saltó del asiento del conductor y se movió hacia el frente del auto.

Mantuve mis ojos en él mientras caminaba hacia el capó del jeep y lo abría. Tuve que admitir que me concentré en su alto y fuerte cuerpo. Los músculos que sobresalían incluso de su chaqueta. Con su pelo rubio recortado y sus ojos verdes y penetrantes, era exactamente el tipo de persona por la que justo ayer habría rezado para que me recogiera en la carretera.

No podía negar que cuando supe que vendría a Escocia, mi cabeza comenzó a llenarse de fantasías de conocer a un hombre hermoso con un acento escocés que me dejara prendada. Y, si continuara en ese sentido de honestidad, tendría que admitir que ese hombre de mis sueños se habría parecido mucho, mucho a Evander.

Pero ahora, mientras mis manos aún temblaban y yo seguía saltando ante el menor sonido que viniera de la carretera, encontré que era más difícil perderse en esas pequeñas y tontas fantasías. Incluso con un perfectamente atractivo y, por lo que pude ver, disponible hombre justo delante de mí.

El viento, de repente, sonó un silbido entre los altos pinos y, una vez más, salté como si un monstruo se hubiera escurrido de forma furtiva detrás de mí. Me tomó un momento darme cuenta de que no había nadie allí.

Incapaz de soportar por más tiempo la silenciosa espera, bajé la ventanilla y llamé a Evander.

"¿Cuánto tiempo crees que esto tomará?"

"No mucho", dijo. "Sólo tengo que volver a alinear la línea de gasolina en esta condenada cosa tan vieja. "No es la primera vez que sale".

"Entonces, ¿seguiremos en camino?" Pregunté desesperadamente. "¿Pronto?"

"Sí", dijo. "Sólo unos minutos más".

Me sobresalte de nuevo cuando escuché un auto en la distancia. Comencé a maldecirme por sentirme tan nerviosa antes de que me diera cuenta de que Evander también había dejado de juguetear con la línea de gasolina debajo del Capó y se quedó mirando hacia la distancia.

Mis manos comenzaron a temblar cuando el sonido del motor se acercó.

"Tenemos compañía", dijo Evander, tan suavemente que casi no podía escucharlo. Rápidamente, hizo un ajuste en la parte inferior del capó, lo cerró de golpe y saltó en el costado del conductor.

"No quedo perfecto,pero debería llevarnos al pueblo", dijo rápidamente.

El sonido del revolucionado motor a la distancia se acercó aún más.

Sentí que mi corazón se congelaba cuando miré por la ventana lateral y, en el espejo, ver un elegante carro plateado que nos seguía. Una cabellera color sal y pimienta muy familiar nos miraba y sostenía una pistola que apuntada a mi lado del jeep.

Escuché un grito salir de mi propia boca, como si alguien más, alguien completamente ajeno a mí hubiera colocado el sonido allí. Yo cerré los ojos y todo lo que pude ver fue a mi madre, con la sangre derramándose de su pecho, sus ojos abiertos en ese callejón empedrado.

Desesperadamente, abrí los ojos, pero mis gritos continuaron cuando el hombre apuntó su pistola hacia abajo y disparó al neumático trasero. Sentí el jeep caer con un ruido sordo mientras Evander seguía avanzando.

"Aguanta Eli", le oigo decir. "Sólo mira hacia adelante. El pueblo está cerca. Ya puedes verlo. Casi estamos allí."

Los gritos disminuyeron y sentí que mi cabeza asentía "sí" en comprensión. Casi tan pronto como lo hice, los gritos comenzaron de nuevo cuando resonó otro disparo y sentí que el jeep sacudirse hacia adelante.

"Esa es fue otra rueda", me dijo Evander a través del asiento. "Vamos a tener salir corriendo".

"¡¿Qué ?!" Pregunté, completamente aterrorizada. "¡Nunca lo lograremos!"

Sin responderme, Evander derrapo el auto hasta detenerlo, tomó mi mano y abrió la puerta, sacándome junto a él. Por el rabillo del ojo, pude ver al hombre en el elegante automóvil detenerse a nuestro lado, pero no me atreví a mirarlo.

Sentí como si mi brazo fuera sacado de mi hombro por el sorpresivamente fuerte agarre de Evander. Finalmente, me sacó por la puerta y nos dirigimos a la polvorienta y rocosa carretera camino abajo.

"Agáchate", dijo rápidamente empujándome hacia abajo detrás de la puerta del auto. Sentí que su cuerpo me cubría justo cuando una ráfaga de balas pasó volando sobre nosotros, a través de la puerta del auto.

"¡Craig!" Llamó una voz desde el otro lado del auto. Mi sangre se congeló de nuevo con el sonido y mis manos comenzaron a temblar. Aunque no podía verlo, podía ver claramente el largo y pálido rostro del hombre al que pertenecía esa voz.

"Sabes que no queremos hacerte daño", dijo. "Entrega a la muchacha y puedes seguir con tu camino".

Me sentía caer hacia un lado del auto y colocar mis manos sobre mis orejas. Era como si quisiera librarme de esa horrible voz y de la sangrienta memoria que me trajo. Cuando miré a mí alrededor, todo estaba un poco confuso, como si estuviera viviendo un sueño.

De repente, Evander apareció en mi foco, él agarró mi mano toscamente y la alejo de mi oreja.

"¿Puedes cambiar?", Preguntó. "Quiero decir, ¿puedes cambiar de forma ahora?"

Lo miré sin comprender, mi mente nadaba con un millón de palabras e imágenes diferentes que no tenían sentido cuando se juntaban. Lo escuché resoplar y rodar sus ojos hacia mí, notablemente frustrado.

"Vamos, entonces", dijo agarrando mi camisa y sacándome de la seguridad de la puerta del auto. Las balas siguieron volando y corrí tras Evander sin pensarlo, como si yo estuviera en piloto automático.

Me detuve cuando él lo hizo. Se giro hacia mí, unos ojos verdes miraron hacia mí y un pinchazo de sentimiento volvió. Incluso en medio de aquellos hombres persiguiéndonos y las balas volando, tuve la extraña sensación de que estaría a salvo con este joven.

"Una advertencia, esto te sorprenderá", dijo rápidamente. "Pero, tienes que aguantar. ¿Comprendes?"

Sentí que mi cabeza asintió con un "sí", aunque no lo decía de forma consciente. Seguí mirando a los ojos de Evander y él miró a los míos, incluso cuando lo sentí que comenzaba a temblar. Solo cuando sus ojos se cerraron, en el último momento, me di cuenta de lo que debía estar haciendo.

Lo siguiente que supe fue que mi estómago salía volando de mi boca cuando fui jalada hacia los cielos. Cuando miré hacia mis hombros, vi que estaban sostenidos en las garras de una gran criatura marrón.

Las balas aún volaban hacia mi humanidad , grité cuando una paso demasiado cerca de mi lado. Sentí como mis manos se apretaban con gran fuerza a la garra que me sujetaba cuando el gran dragón giró y, con un rugido, se acercó a los hombres en traje. Los dos hombres que venían en autos, que seguían al hombre del rostro pálido saltaron a sus vehículos e inmediatamente salieron huyendo cuando Evander lanzo una llamarada de fuego detrás de ellos.

El hombre de rostro pálido, sin embargo, continuó disparándonos mientras se montaba velozmente a su auto. Evander le lanzó una llama de fuego, pero no tuvo ningún efecto en el vehículo.

El dragón se devolvió y ganó altura una vez más en dirección a los edificios en la distancia. Se escuchó otro disparo y la bestia que me llevaba soltó un gran rugido. Grité de nuevo cuando sentí que la sangre de Evander caía sobre mi hombro.

Comenzamos a descender a un campo abierto cerca del pueblo. Cuando lo hicimos, me di la vuelta una vez más para ver al hombre de cara pálida mirándonos desde su auto. Para mi sorpresa, ya no nos estaba seguía.

Su auto se detuvo como si estuviera haciendo tiempo, observé mientras él cuidadosamente guardaba su arma, volvía a encender su coche, daba la vuelta y aceleraba en dirección opuesta a la aldea.

Mantuve mis ojos enfocados en él incluso cuando aterrizamos en el campo cubierto de hierba. No fue hasta que vi que el hombre de rostro pálido y su auto desaparecían en la distancia que dejé escapar un suspiro que ni siquiera me había percatado que estaba conteniendo.

Casi tan pronto como suspire, me sentí caer sin mucha delicadeza sobre el duro suelo debajo de mí. Después del gran golpe, vi a la bestia que me había llevado a tierra un poco más lejos.

Estando de pie cuidadosamente y frotándome los hombros donde habían sido magullados por el vuelo salvaje, caminé lentamente hacia el dragón. La sangre aún brotaba de su brazo y los pequeños sonidos que hacía desde su garganta parecían indicar que estaba sufriendo un gran dolor.

Tan pronto como lo alcancé, cerró los ojos y convulsionó. Aterrorizada, pensé que estaba a punto de presenciar la muerte de un Cambia formas ante mí. Corrí hacia el dragón, desesperada por ayudar de cualquier manera posible.

Una exhalación brusca de aliento salió de mi cuando la bestia desapareció ante mis ojos. Caí al suelo, de rodillas. Cuando me acerqué a lo que yacía en la hierba, ya no era un dragón. Era la forma pálida y muy humana de Evander Craig.

Capítulo Cinco- Evander

Desperté, y al igual que siempre que me transformaba, sentía como si mi cerebro fuera a explotar del dolor de cabeza

A duras penas podía sentir mis brazos, los músculos estaban cansados, adoloridos y reclamándome airadamente por haberme transformado de esa manera tan intempestiva, mis piernas estaban adormecidas, ya sabía que estarían por un largo rato, así que, lentamente abrí mis ojos.

Cuando lo hice, el pálido rostro de Eli, mirando hacia abajo donde yo estaba. Ahí fue cuando sentí un aguijonazo romper mi hombro. Ahí era donde los verdes ojos de Eli se estaban enfocando, gire a mirar y pude observar el orificio que causo la bala, lentamente, levante mi mano mientras hacia una mueca de asco al tocar la sangre.

Tenía que revisarme esa herida, pero por ahora , no había tiempo para hacerlo.

Gire hacia Eli, su pelo rubicundo volaba libremente sobre sus ojos verdes y su delicada boca rosa estaba entreabierta, como quien desea decir algo pero sencillamente no encuentra las palabras, entonces me di cuenta que debía que hablar por ambos.

"¿Se fueron?"Pregunte.

"S-sí, yo creo que sí," Afirmo Eli con voz tremola. "Pero, no estoy segura-"

"Tenemos que llegar a la aldea, esos hombres no nos dejaran tranquilos por mucho tiempo, y la próxima vez habrán mas, muchos más de ellos."

Clave mis manos en la grama debajo de mi y con gran esfuerzo me logre levantar, soltando un gruñido, apenas podía sentir mis piernas, mientras sentía como poco a poco la sangre circulaba por ellas, despertándolas, pero no teníamos tiempo para relajarnos, me logre parar erguido, pero tembloroso.

Tratando de sacudir el entumecimiento de mis extremidades, me puse en marcha, agarre con firmeza la mano de Eli y la guie en dirección hacia la aldea.

"Espera!" Dijo mientras la jalaba a mi lado, sentí como se detenía y jalaba de vuelta, en resistencia a mi fuerza, así que la mire mientras mi cuerpo apuntaba hacia el de ella.

"¿Quiénes eran ellos?" Me pregunto bruscamente. Sus brazos se cruzaban como una barrera sobre su pecho, mientras me daba una Mirada endurecida y Hosca, la misma que me dio en el auto en un momento. La mirada que hizo que sus ojos mutaran y causaran en mi esa sensación de vértigo en el estomago.

"No tenemos tiempo para hablar aquí, estamos a plena vista. Te explicare todo cuando lleguemos al pueblo."

Trate de coger de Nuevo su mano, cuando ella dio un paso atrás, viéndome todavía con esa mirada penetrante.

"No pienso ir a ningún lado contigo hasta que me digas quien me está persiguiendo y porque, " me reclamo casi airadamente.

La sinergia placentera que teníamos fue rápidamente sustituida por una sensación de frustración, la muchacha claramente no tenía ni la mas mínima idea del peligro en que estábamos, como si no hubiéramos estado en una balacera y le hubieran disparado directamente dos veces.

"Eli, por favor-"

"¡No!" Insistió, aumentando la distancia entre nosotros. "En las últimas tres horas me han disparado, me han perseguido, me he transformado en……en no sé qué cosa me transforme, y vi a mi madre…."

Ella trataba de seguir pero su Mirada hacia abajo y sus labios me hacían saber que no tenía el valor para musitar las palabras de esa idea, entonces me miro, sus ojos verdes con retazos rojos alrededor de los bordes, pero seguían mirándome de forma firme y determinada.

"El punto es que creo que merezco una explicación, y no me pienso mover hasta que me la des."

Pase una mano por mi cara como seña de frustración, luchando contra el impulse de sencillamente agarrarla, montarla sobre mi hombro y llevarla a regañadientes, contra su voluntad, hacia el pueblo, era lo que se merecía por su insolencia.

Pero aun así, yo recordaba claramente como se sentía que te mantuvieran al margen de las cosas, sin informarte nunca nada. Y recuerdo, con mucha claridad, como se siente observar impotente mientras asesinaban a tu madre, justo frente a tus ojos. De estar en su posición, preguntaría las mismas preguntas que ahora ella me increpa. Y, ella tenía tanto derecho como yo tuve en su momento para obtener las respuestas que tanto ansiaba.

"Muy bien," Dije finalmente, si accedo a contarte mientras marchamos, ¿me acompañarías?

Ella me miro por un Segundo, como buscando una manera de poder cambiar la situación, hasta que sus hombros caían en resignación mientras comenzó a caminar a mi lado.

"Bien," me dijo. "Pero nada de agarrar de nuevo mi mano."

Y con ese impulse, paso caminando a mi lado en dirección al pueblo en la distancia, tan pronto lo hice, puse mis ojos en blanco en resignación y la seguí.

"Así que, dime, ¿quienes eran ellos?" me pregunto.

"Ya te había dicho, "dije claramente irritado. "Sealgaigs."

"Cazadores," replico. "Lo sé. Pero tú me dijiste que nos cazan a todos nosotros. Pero hace un rato, el hombre de cara pálida dijo que solo me quería a mí, ¿Porque?"

"Porque no perteneces a mi clan," le explique.

"¿Y, que hace tu clan tan especial?" me pregunto de forma inquisidora.

Tras un largo suspiro, acepte la idea de tener que contarle toda la historia. No esperaba tener que hacerlo, al menos no todavía, no tan pronto. Estábamos cerca de Fairloch, justo en las afueras.

"Los Sealgaig no pueden dañar a nadie de mi clan", dije. "Al menos no cuando estamos en tierra de clanes. Y, hemos permanecido en las tierras del clan durante los últimos mil años".

"¿Por qué no pueden hacerle daño a los integrantes de tu clan?", Preguntó.

"Debido a una maldición", le contesté. Se detuvo y giro hacia mí con los ojos entrecerrados, con una mueca entre incredulidad y curiosidad.

"¿Cual maldición?"

Tomé su brazo y retome la marcha de nuevo mientras seguíamos hablábamos. Mientras tanto, seguía diciéndome a mi mismo que no pensara en lo cálida que se sentía su piel en mi mano, a pesar de que estaba magullada y aún ligeramente chamuscada.

"Hace cientos de años, un dragón rebelde de mi clan quemó un pequeño pueblo cercano", dijo. "Un grupo de hombres, sobrevivientes de esa aldea rastrearon a mi clan y tenían la intención de matarlos a todos de la forma en que habían destruido a sus parientes".

"Claramente, no lo hicieron", dijo Eli.

"No", le confirmé. "Una de las mujeres del clan había estudiado las artes mágicas. Ella puso la maldición sobre los hombres de la aldea que nos cazaron. La maldición era que si alguno de ellos le hiciera daño a un miembro del clan del dragón Craig, él y toda su familia perecerían".

"Pero, eso fue hace cientos de años", dijo Eli. "Quiero decir, esos hombres y tu... ni siquiera existían".

"Esta maldición se ha transmitido a través de las generaciones", dije de forma distendida. A pesar de que Eli me había prohibido expresamente que le sostuviera la mano, me di cuenta de que ahora ella estaba agarrando la mía cuando llegamos a la colina que conducía a la ciudad camino abajo.

Mientras miraba hacia Fairloch, ya podía escuchar el griterío de quienes hacían vida en el pueblo, ver los movimientos frenéticos de sus habitantes. Incluso desde la visión de atalaya que nos daba la cima de la colina, podía ver a hombres juntando maletas, mujeres empacando la ropa de su familia en sus patios delanteros y niños esperando cerca, agarrando animales de peluche y juguetes en sus brazos.

Supe inmediatamente el significado de tanto alboroto. Mi brazo se tensó e incluso el pelo en la parte posterior de mi cuello se sintió como si estuviera erizando, como si una corriente eléctrica recorriera mi espalda.

Eli, cálida y suave, apretaba mi mano en señal de nerviosismo al notar el evidente cambio del lugar. Me miro mientras debajo de nosotros reposaba el agitado pueblo.

"¿Qué ocurre?" Preguntó ella, con voz serena pero dubitativa. "¿Qué está pasando?"

"Han sonado la alarma", le dije. Mis pies comenzaron a moverse rápidamente colina abajo, medio deslizándose medio corriendo. Eli iba casi a rastras detrás de mí, haciendo todo lo posible para no perder el casi frenético ritmo que le estaba imponiendo a nuestra marcha.

"¿La alarma?" Me pregunto. Tuvo que levantar su voz cuando entramos en el pueblo, a medida de que los sonidos de las personas que nos rodeaban se hicieron más y más fuertes.

"Significa que no estamos a salvo al aire libre", le explique apresuradamente. "Tendremos que movernos montaña adentro".

"Qué-" preguntaba Eli, claramente sorprendida

Ella se vio interrumpida cuando pasamos junto a un niño que nos miró a los ojos y luego miró la mano de Eli, que todavía albergaba el brazalete dorado. La niña soltó un pequeño grito y corrió hacia su madre, tirando de sus faldas para que mirara en dirección a Eli.

Nos movimos a empujones y trompicones a través de la multitud de personas que comenzaban a alinearse en las calles. La mayoría abría camino amablemente para nosotros, haciendo una rápida reverencia hacia mí mientras lo hacían. Algunos, como la niña, miraron a Eli con sospecha y miraron con gran curiosidad su pulsera dorada.

"¿Por qué toda esa gente nos está mirando?", Preguntó mientras una mujer mayor miraba a Eli, una mujer que ahogaba un grito con sus manos y se apresuraba a cruzar la calle para susurrar algo a una amiga.

"Nunca antes habían visto a un cambiante de otro clan", le contesté. Esa no era toda la verdad. Al menos no exactamente. Pero, sabía que tenía que llevar a Eli dentro del castillo lo más rápido posible. Sabía que íbamos a lograrlo si Eli se detenía obstinadamente a hacer preguntas cada tres minutos sobre las personas que la miraban sin esconder su sorpresa.

La llevé al gran castillo de piedra gris al final del camino. Para el mundo exterior, parecía una vieja ruina, indistinguible de las docenas que salpicaban el paisaje de las tierras altas.

Solo nosotros, solo los Craig, sabíamos lo que realmente existía en su interior. Lleve a Eli por el brazo hacia la puerta de madera y toqué dos veces. Inmediatamente, se movió la barra que tapaba un agujero en la puerta. Dos ojos verdes aparecieron y miraron por el agujero.

En el segundo que esos ojos fijaron su mirada en los míos, vi un destello de familiaridad, de reconocimiento en ellos. Los ojos desaparecieron una vez más detrás del bloque de piedra. Si darle tiempo a nuestra invitada de terminar de asimilar lo que estaba ocurriendo, la puerta se abrió para nosotros.

Metí a Eli dentro del castillo y no pude evitar sentir una oleada de orgullo y amor propio cuando dejó ella escapar un suspiro de asombro ante lo que veía.

"Algo diferente, ¿no?", Le pregunté. Hasta pude darme cuenta del leve tono distendido, divertido y algo fanfarrón en mi voz. Pero, cuando se trata del hogar ancestral de mi familia, ser algo fanfarrón es algo que no puedo ni tenía porque evitarlo.

Tan pronto como entramos, el castillo cambió de ruina gris opaca a una casa de campo cálida y acogedora. El techo, que parecía faltar por completo desde el exterior, era alto, abovedado e inclinado hacia abajo para encontrarse con paredes blancas.

Una candelabro de araña colgaba de este techo alto , justo en medio de la pasarela, y, al lado, había una larga y sinuosa escalera cubierta de oro brillante.

"¿Cómo? Como lo hizo-"

"¿No has escuchado las leyendas? a los dragones nos gusta esconder nuestro tesoro", le dije. Cuando me miró boquiabierta, no pude evitar darle un pequeño guiño cómplice y juguetón.

"¡Evander!" Me llamó una voz al lado de la puerta. Me di vuelta y vi a mi tía Fiona, que se movió hacia mí, con sus elegantes brazos extendidos, dándome la bienvenida de forma acogedora.

Fiona era tan morena como yo era de piel clara. Su cabello azabache, estaba peinado elegantemente hacia atrás hasta hacer una trenza que descendía como una cascada a lo largo de su espalda. Éramos casi de la misma altura , y su nariz larga, junto a sus pómulos altos y marcados, hacían una combinación distinguida que se enmarcaba con su altura, lo único que podría hacer pensar a un espectador inocente que éramos familia , era aquellos delatores ojos verdes esmeralda , característicos los Cambia formas.

Esos ojos se encontraron con los míos segundos antes de fundirnos en un cálido abrazo.

"Tu Padre estará tan feliz de que estés en casa", dijo. "Tenía miedo de que no lo lograras".

"Deberías decirle que tenga un poco más de fe en su hijo", le dije mientras me iba alejando de ella. Cuando lo hice, Fiona se giro hacia Eli. Y aquellos ojos verdes que brillaban calurosos y amables al verme ahora se volvieron cautelosos y casi fríos mientras inspeccionaban a mi acompañante.

"¿Es ella la muchacha?" Preguntó. Su rostro pasó de ser afable a ser el firme semblante de una mujer de negocios. Vi como Eli retrocedía, intimidada mientras hacia una leve mueca al ver como se dirigían a ella. Me volví hacia Eli y le di una pequeña sonrisa de aliento antes de tomar su mano una vez más y guiarla hacia mi tía.

"Fiona", le dije. "Este es Eli. Eli, esta es mi tía, Fiona Craig ".

Eli me miró vacilante, dubitativa, antes de volverse hacia Fiona. Fiona todavía la estaba mirando fijamente, con esa misma inexpugnable y firme expresión en su cara.

"¿Cuál es el nombre de tu familia?" Le preguntó a Eli con un tono inquisitivo.

"¿Te refieres a mi apellido?" Preguntó Eli. Fiona suspiró y frunció los labios antes de responder, levantando levemente sus cejas al hablar.

"Sí. Tu apellido", dijo.

"Drake," respondió Eli. Los ojos de Fiona miraron hacia la pulsera que Eli llevaba en su mano derecha, solo para después partir de vuelta a los de Eli.

"¿Estás seguro de eso?" Preguntó.

"Sí... bueno... no", tartamudeó Eli. "Quiero decir... fui adoptado por los Paulsons pero... dijeron que debía mantener el nombre de Drake. Es una especie de... versión americanizada de mi apellido".

"Entonces Drake no es tu verdadero apellido", dijo Fiona.

"N-no", respondió Eli. "Supongo que no."

"¿Sabes el nombre con el que naciste?", Preguntó Fiona, sonando cada vez más impaciente ante la falta del conocimiento de la muchacha.

"Draycen," contestó finalmente Eli. "Mi abuela lo rastreó hasta Escocia. Es por eso que vine aquí con mi... "

Su rostro de repente se puso pálido y sus ojos se fijaron al suelo. Sentí como su mano comenzó a temblar, a pesar de estar cogiendo la mía. Supe al instante que ella casi había mencionado a su madre adoptiva.

"Quiero decir, es por eso que vine a este lugar", terminó de pronunciar sin mucha convicción. Su voz sonaba gruesa y pesada, como si estuviera conteniendo unas imperiosas ganas de llorar. Mirándola, apreté cariñosamente su mano con la esperanza de que le proporcionara algo de consuelo. Ella me miró con los ojos verdes muy abiertos. Y respondió mi gesto dándome una media sonrisa que envió un pequeño escalofrío por mi espina dorsal.

Miré de nuevo a Fiona. Su expresión había cambiado. Ahora estaba mirando el espacio entre Eli y yo, sus ojos se estrecharon como si estuviera pensando con gran concentración.

Un momento después, mi tía Fiona enderezó su espalda. Y la expresión seria y firme volvió a su cara.

"Evander, deberías revisarte ese hombro", dijo mientras dirigía su mirada a la herida en mi hombro derecho. Miré hacia abajo y vi que la sangre seguía saliendo lentamente del lugar donde una bala había hecho sus destrozos.

"Hay toallas y desinfectante en la cocina. Puede esperar allí mientras voy y hablo con su padre.

Mirando a Eli una vez más, evaluándola una vez más, se giró sobre sus talones y subió las escaleras hacia la habitación de mi padre. Mantuve mis ojos en ella hasta que desapareció al final de la escalera de caracol.

Tan pronto como ella se fue, gire hacia Eli.

"Por aquí", le dije, todavía sosteniendo su mano y llevándola conmigo hacia la cocina. Mientras lo hacía, gemí de dolor cuando finalmente mi hombro me recordó la herida que me había causado la bala.

"Hasta aquí mi regla sobre no tomar mi mano", dijo Eli. Decidí verla directo a los ojos y darle una ingeniosa respuesta. Pero, cuando abrí la boca, lo único que salió fue un leve gemido de dolor.

"Tu tía tiene razón, ¿sabes?" Dijo Eli. "No puedes simplemente ignorar esa herida en tu hombro".

"No es tan malo como parece", dije intentando una sonrisa valiente. Dicha valentía me abandono cuando me estremecí de dolor. Ella me miró directamente a los ojos, arqueando una ceja con incredulidad.

Cuando llegamos a la cocina, me llevó a un taburete junto a la mesa de mármol donde, como había prometido mi tía, estaba un montón de toallas y una botella de desinfectante, así como varias vendas.

"Aquí," dijo Eli en tono autoritario. "Siéntate."

Hice lo que me ordenó y, tan pronto como me senté, ella recogió una de las toallas y la sumergió en alcohol.

Fijo su mirada en mi hombro y luego, volvió a mirarme a los ojos fijamente. Su rostro se sonrojó mientras se mordía el labio.

"¿Qué ocurre?" Pregunté intrigado.

"Es que... si voy a limpiarte el hombro, tú... tendrás que quitarte la camisa", dijo finalmente. Sus ojos verdes se movieron hacia abajo y ese bonito rubor rosado aún llenaba sus mejillas. No pude evitar sonreír mientras movía mis manos a la parte inferior de mi camiseta blanca.

Mi sonrisa socarrona se convirtió rápidamente en una mueca embarazosa y un gruñido de dolor cuando intenté levantar la camiseta sobre mi cabeza.

"Deja," dijo Eli firmemente. Antes de que pudiera decir una palabra, ella movió sus manos a la parte inferior de mi camisa y la levantó suavemente sobre mi cabeza. Otro escalofrío recorrió rápidamente mi cuerpo cuando sus manos rozaron mi estómago.

Sentí el aire fresco de la cocina chocando contra mi pecho desnudo y la miré. El rojo en sus mejillas se había avivado y vuelto más intenso cuando puso mi camisa en la mesa de mármol de la cocina. Se negó a mirarme a los ojos cuando se aclaró la garganta, levantó otro taburete para sentarse frente a mí y llevó la toalla desinfectada al hombro.

"Esto te va a doler", dijo. Ella no se equivoco en lo más mínimo.

Cuando el alcohol tocó la herida abierta, me mordí el labio para no gritar. Eli, al parecer, no estaba sorprendida, en lo mas mínimo, en cambio, ella me dio una pequeña sonrisa cómplice, comprendiendo lo que sentía sin que tuviera que decírselo.

"Te lo dije."

"Eso hiciste", le contesté.

Miró detalladamente la herida en mi hombro y comenzó a limpiarla como si fuera la cosa más natural del mundo. Como si ella lo hubiera hecho un millón de veces antes en su corta edad.

"Parece que sabes muy bien lo que estás haciendo", le dije. Levantó la vista brevemente, y vi su rostro ensombrecerse mientras sus ojos me evadían.

"Mi madre es... era... una enfermera", dijo ella, mientras su voz cada vez se notaba más calmada.

"Ella me enseñó a limpiar pequeñas cosas como esta".

Miré a un lado, sin saber qué decir. Quería decirle que sabía cómo se sentía. Que yo sabía lo que era perder a un ser querido. Ver como alguien los mata a disparos frente a ti. Estar tan lleno de rabia que no podrías controlar a la bestia dentro de ti.

Pero, cuando miré su expresión intensa, como si ella estuviera tratando de evitar que las lágrimas que aparecían furtivamente en sus ojos se quedaran donde estaban y no cayeran por sus mejillas, no podía asegurar que mis historias serían bienvenidas. Tal vez, lo mejor era dejarla hablar primero.

Me sentí aliviado cuando, después de varios momentos de silencio, ella lo hizo.

"Entonces", dijo vacilante. "Tu tía parece... interesante".

"Sé que puede parecer un poco intensa al principio" le respondí, en un intento de matizar la impresión dada por mi tía Fiona.

"Eso es UNA forma de decirlo".

Ella murmuró esto casi para sí misma mientras sumergía una vez más la tela en el alcohol.

"La tía Fiona actúa como una guardiana para nosotros", le expliqué. "Ella se asegura de que el clan no esté infiltrado por personas que quisieran hacernos daño".

"Pensé que habías dicho que los Sealgaigs no podían venir a las tierras de los clanes", dijo. Ella me miro a los ojos repentinamente mientras sus ojos se agrandaban y su voz dejaba escapar un temeroso temblor

"No pueden", le contesté. "Pero, a veces, si están desesperados, pagarán personas que no son de Sealgaig para que vengan a nuestra ciudad".

"¿Eso ha sucedido antes?", Pregunté. Ella me miró, con los ojos muy abiertos y asustadizos, podía sentir su mano comenzar a temblar contra mi hombro mientras sostenía la pequeña toalla. Una piedra dura pareció caer en mi propio estómago cuando me di cuenta de la verdad que tendría que decirle.

"Ha sucedido una vez en mi vida", admití, mientras con un suspiro me preparaba para continuar mi relato. "Era muy joven. Cuatro, casi cinco años.

"¿Qué pasó?" Me preguntó delicadamente.

Tragué saliva mientras mi corazón saltaba a mi garganta. Respirando hondo, empecé a contarle mi historia.

"Mi madre estaba destinada a ser la guardiana de nuestro clan", le dije. "Pero, incluso ella sabía que no era muy buena en eso. Ella era demasiado confiada. Y, cuando un viajero varado llegó a la ciudad, alegando que su auto se había averiado y que necesitaba un lugar para quedarse, ella le abrió nuestras puertas y le permitió quedarse en una habitación".

Eli había dejado de limpiarme el hombro. Me miraba fijamente, quieta como una estatua, escuchando con atención mi historia.

"Esa noche", continué. "Me desperté con el sonido de un grito y el escándalo de un disparo proveniente de la habitación de mis padres. Abrí la puerta y caminé por el pasillo. Cuando llegué a la habitación de mis padres, vi al extraño parado a quien mi madre le dio refugio, parado sobre el cuerpo de mi madre, mi madre muerta con una bala en el pecho".

La mano de Eli se volvió temblorosa ante la historia mientras retomaba la limpieza de mi hombro con la tela, manteniendo sus ojos muy abiertos. Aparté la vista de ella, sintiendo que la sangre abandonaba mi empalidecido rostro.

"¿Qué pasó entonces?" Preguntó Eli en voz baja.

"Entonces, levante mi mirada y vi al hombre apuntando el arma a mi padre. Le grito a mi padre que si cambiaba lo mataría. Debo haber gritado en ese momento, realmente no sé, porque ese hombre cambio su atención de Da hacia mí. Me miró fijamente con sorpresa, poco antes de apuntar hacia mí la pistola. Entonces..."

Cerré los ojos luchando por recordar. Haciendo todo lo posible para explicar lo que había sucedido después de eso. Hace tanto tiempo que se había convertido en un borrón casi completo en mi mente, bloqueando esos pensamientos oscuros.

"Entonces, miré al hombre y sentí que algo me invadía. Sentí que mis huesos se movían y antes de darme cuenta, estaba volando sobre el cuerpo de mi madre. Me habían crecido alas y fui directo hacia el asesino de mi madre. Recuerdo que dejó caer el arma tan pronto como volé hacia él, presa del pánico.

"¿Qué le hiciste?"

La voz de Eli se endureció bruscamente, miré sus manos, se convirtieron en puños debajo de la toalla, sus nudillos estaban blancos por la presión contenida en sus manos.

"La verdad? nada", Confesé, sintiéndome medio avergonzado. "Quiero decir, creo que recuerdo haberle lanzado algunas llamas, pero eran demasiado insignificantes para causar poder dañarlo".

"Entonces, ¿qué pasó?", Preguntó ella.

"Cuando me transformé, el hombre dejó caer el arma asustado. Mi Pa salió disparado hacia el arma, la recogió del piso y le disparó al tipo en la cabeza, justo en el blanco. Luego caminó hacia mí y me calmó, haciendo que cambiara de vuelta a mi forma humana".

La miré, ella estaba mirando el trapo en su mano, moviéndolo de un lado a otro. No dijo una palabra en lo que podría jurar que fueron días, pero en realidad no eran más que meros y eternos segundos.

"¿Tú... cuándo aprendiste a controlarlo?", Preguntó ella. "Tu... habilidad para cambiar a forma de dragón, quiero decir."

"Fue un poco después de eso", dijo. "Mi Da me enseñó. Tenía siete u ocho años cuando finalmente logre dominarlo".

Ella asintió, todavía mirando el trapo en la mano. Vi que su lengua salía para mojar sus labios resecos, los cuales, ahora me di cuenta que estaban agrietados, como si no hubiera bebido nada en mucho tiempo.

"¿Algún día se vuelve más fácil?", Preguntó. Luego de preguntarme finalmente, levanto su rostro para mirarme. Cuando sus brillantes ojos verdes se encontraron con los míos, las lágrimas no derramadas enrojecieron el blanco de sus ojos, supe en ese instante que no estaba hablando de los cambios, supe que hablaba del dolor, supe que hablaba del vacío.

"Sí", le contesté. "Toma mucho tiempo. Y, incluso ahora, todavía me enojo cuando lo pienso. Todavía quiero que alguien responda por la muerte de mi madre. Pero, se ha vuelto más fácil. Lo he hecho más fácil conmigo mismo".

"¿Cómo?" Preguntó ella. Su voz se volvió tremola y hubo una silencio que gritaba desesperación luego de su pregunta.

Luchando contra el dolor todavía presente en mi hombro, extendí la mano y puse mi mano en su hombro para transmitirle seguridad. Un rubor volvió a sus mejillas cuando sintió mi mano en su hombro, sobre su camisa rasgada.

"Vivo", dije forzando una media sonrisa. "Me imagino, la gente que hizo esto, la gente que mató a mi madre, la gente que mató a tu madre, no quieren que vivamos". Al menos no quieren que vivamos bien. Entonces, si podemos hacer eso... les ganamos, cada día que vivamos, es un día que vencemos".

Ella soltó un resoplido algo burlón y alejo la mirada mientras tomaba un vendaje que estaba en la mesa de mármol.

"Pues vivir no va a impedir que ganas de desgarrar en dos a ese bastardo que conocimos en la carretera", dijo Eli. Se acercó a mí y colocó cuidadosamente el vendaje sobre mi herida limpia.

Estaba tan cerca ahora que podía sentir el calor de su aliento contra mi piel, podía ver las lágrimas corriendo suavemente por su rostro.

Lentamente, tomé una mano y pasé mi pulgar por su mejilla derecha, limpiando la perla de agua que descendía su rostro. Su mano se detuvo y me miró a los ojos. Sus brillantes ojos verdes se agrandaron, todo dentro de ella pareció congelarse ante mi toque.

Sentí que mis ojos revoloteaban ansiosos entre los de ella y sus labios. No podía negar que algo dentro de mí me empujaba hacia ella, algo dentro insistía en que besara a esta chica. Insistiendo en que haga más que eso.

Sentí que el calor se aceleraba a través de mí, como si cada fibra de mi ser me rogara que tomara a esta muchacha. Envolverla completamente dentro de mí, hacerla mía.

Mi mente seguía diciéndome lo ridículo que era eso. Cada fragmento de lógica dentro de mí insistía en que apenas conocía a Eli. Era extremadamente complicado encamarse con mujeres extrañas, mujeres que acabas de conocer. Especialmente si son mujeres que habían pasado experiencias traumáticas como la que Eli acababa de experimentar.

Pero, no pude evitar notar que sus ojos seguían revoloteando traviesamente hacia mis labios de la misma manera que los míos se movían hacia los de ella. Había algo extraño en su expresión. No tenía miedo ni estaba nerviosa como antes. Había una suavidad en ella ahora, una calma. Parecía haber dejado de respirar, aunque solo temporalmente.

¿Podría ser que ella me deseaba tanto como yo la deseaba a ella?

Este extraño pensamiento pareció confirmarse cuando se inclinó hacia mí, torpemente, vacilante, acercando sus labios a los míos.

"Evander?"

Tanto Eli como yo nos sobresaltamos ante la repentina voz. Cuando Eli se aparto, vi a mi tía

Fiona, de pie en la puerta de la cocina. Si notó algo extraño en nuestra proximidad cuando entró, su rostro no dio ninguna indicación de ello. Su rostro se veía tan neutral como siempre.

"A tu padre le gustaría conocer a la muchacha", dijo.

Vi los ojos de Eli endurecerse con el uso de mi tía, una vez más, de este nombre. Eli miró a Fiona reprochándola y resistiendo la tentación de responder. Puse una mano en su brazo para evitar que ella hablara. Eli apartó la mirada de mi tía Fiona y la dirigió hacia mí, con un rubor rosa brillante coloreando su cara. No pude evitar pensar lo bonito que se sonrojó su bello rostro.

"Ya vamos para allá, Tía Fiona", le dije. Mi tía no se movió un centímetro, como un expectante centinela.

"Dijo que se la llevara lo antes posible".

Estaba claro que Fiona no se movería de su lugar hasta que se saliera con la suya. Reconociendo la derrota, solté un suspiro y volví a Eli. Traté de darle una pequeña sonrisa, sin saber si realmente lo logré o no.

"Está bien entonces," dije.

Tan suavemente como pude, mis piernas aún palpitaban ante el mero recuerdo del vuelo desde el Sealgaig, me levanté de la silla. Cuando miré a Eli, pude ver el miedo en los ojos abiertos en su rostro mientras miraba a mi tía con un gran escepticismo. Me di cuenta de que ella todavía no confiaba en Fiona. Pero, ¿Cómo culparla?. Considerando lo que le pasó, de estar en su posición no estoy seguro de que confiaría en nadie.

Mojándome los labios, me acerqué a ella mientras colocaba un brazo alrededor de su cintura.

"Está bien", me incliné para susurrarle. "Iré contigo."

Se estremeció ante el sonido de mi voz y cuando me miró, sus ojos se estrecharon en el mismo frio escepticismo que la había visto darle a mi tía. Entonces, finalmente, su expresión se suavizó y me dio un leve asentimiento.

Fiona, que, aparentemente, había estado observando con interés esta pequeña escena también asintió y nos hizo señas para que saliéramos de la habitación.

Camine junto a Eli por el oscuro pasillo, guiándola por el camino, conteniéndome para no excitarme demasiado por la cálida sensación de su cuerpo presionado contra el mío.

Hasta que, por fin, llegamos a las grandes puertas dobles con un marco dorado que conducía a la habitación de mi padre. Me dispuse a seguir a Fiona hacia el cuarto, mi brazo todavía alrededor de la cintura de Eli. Pero, antes de que pudiera, Fiona se volvió y extendió una mano para detenernos.

"Pidió ver a la muchacha sola", dijo Fiona.

"Tengo un nombre, ¿sabes?" Dijo Eli con los dientes apretados, tratando de contener su agresividad. Finalmente, se volvió hacia Fiona y le dirigió una mirada severa llena de frustración y rabia reprimida. Fiona miró a Eli. Su rostro era tan impasible y neutral como siempre lo fue.

"Es obvio que tienes un nombre, Eleanor Drake", dijo Fiona. "La cosa es que no sabemos cuán real es ese nombre. Y no lo sabremos hasta que seas interrogada".

Sentí que Eli se ponía rígida debajo de mi brazo ante la inquietud que genera la palabra "interrogada". Ella miró a Fiona un momento antes de mirarme.

"Está bien, Eli", la reconforte en voz baja. "Nadie te hará daño allí. Y, estaré justo afuera, al lado de la puerta".

Poco a poco, moví mi mano a la parte baja de su espalda y la conduje suavemente hacia mi tía Fiona, quien abrió la puerta de la habitación llena de luz de mi padre.

Eli me miró por encima del hombro una última vez hacia mí. Esos ojos verdes penetrantes fueron lo último que vi antes de que la puerta se cerrara y el pasillo quedara sumido en la oscuridad una vez más.

Capítulo seis- Eli

La habitación era sorprendentemente luminosa. La luz parecía filtrarse a través de cada una de las gigantescas ventanas. Entre cada una de estas ventanas se alzaban estanterías de libros muy pulidas y llenas de grandes tomos de aspecto antiguo.

Incluso a través del tembloroso miedo que aún sentía, me encontraba desesperada por recorrer a estos estantes y explorarlos. Pero, aquella mujer alta y de aspecto muy severo que estaba frente a mí me mantuvo firmemente en mi lugar solo con su presencia. Fue ella quien finalmente dirigió mis ojos al centro de la habitación.

"Douglas", dijo ella. Esta es la chica que Evander encontró. La que supuestamente se transformo en Edimburgo.

Miré el centro de la habitación y casi me quedé sin aliento por lo que vi. Una cama grande estaba debajo de un toldo de sábanas blancas transparentes. Sentado en el medio de la cama, apoyado en una almohada, había un hombre. Aunque pensé que dicho término tendría que aplicarse de forma bastante amplia para que este individuo pudiera ser considerado como tal.

Toda su cara estaba marcada con manchas rojas grandes y feas y arañazos. Paciera que sangre fresca se había coagulado en sus mejillas y un ojo se había hinchado hasta el doble de su tamaño normal. Era todo lo que podía detallar de el sin sucumbir a hacer una mueca ni mostrar ningún signo de disgusto.

Sabía que él tenía que ser el padre de Evander. Sin embargo, era casi imposible imaginar que Evander, con su piel suave y tersa, sus anchos hombros y su sonrisa capaz de fundirte el corazón, pudiera tener cualquier tipo de parentesco con el hombre frente a mí.

"¿Tu nombre es Eleanor Drake?", Preguntó. Me sorprendió que su voz, lenta y constante, sonara....normal, y de hecho, más agradable que la de cualquier hombre que haya conocido antes.

Dada su apariencia, era normal esperar algún tipo de ronquera.

"Yo ... Todos me llaman Eli," dije suavemente.

"Te llamare Eli entonces, ", dijo. Sus labios se curvaron en una media sonrisa que, extrañamente, hizo que su rostro fuera un poco menos grotesco.

"Sé que mi apariencia es desagradable, por ponerlo de forma amable", dijo. "Pero, no hay razón para tener miedo. Prometo que no es contagioso ni nada".

Me sorprendí cuando vi una chispa un poco traviesa y juguetona en sus ojos tras decir esa broma. Él siguió sonriendo y me sentí obligada a sonreír en retorno, en agradecimiento.

Levantó su mano, la cual estaba cubierta con una camisa de manga larga y un guante negro.

"Por favor, siéntate", dijo. Señaló una silla de respaldo alto que me colocaba más cerca de su cama. Comencé a caminar hacia el cómo se me indico cuando escuché una pequeña tos detrás de mí. Sobresaltada me gire para ver a Fiona, mirándome con esos ojos helados, llenos de recriminación, queriendo detenerme y alejarme solamente con el poder de su mirada. De repente, me sentí paralizada.

Douglas pareció darse cuenta de esto.

"Fiona", dijo. Sentí un breve alivio cuando Fiona apartó los ojos de mí y se volvió hacia Douglas. "Gracias. Puedes dejarnos ahora.

"Douglas estas seg..."

"Estoy seguro, Fiona", dijo. "Confío plenamente en que Eli y yo estaremos a salvo aquí".

Fiona asintió brevemente a Douglas antes de volverse hacia mí. Ella me dio una mirada llena de sospechas antes de salir de la habitación.

"Tendrás que perdonar a mi hermana", dijo Douglas mientras lentamente me dirigí a la silla y me hundía en ella. "Ella ha sido muy protectora conmigo. Especialmente desde mi enfermedad".

Con una mano, señaló las marcas en su cara. En cierto modo, me alegré de que me las hubiera mostrado. Me hizo sentir un poco menos incómoda cuando él me invito a notar las feas marcas rojas.

Aun así, no sabía qué decir o si se esperaba que dijera algo. Al final, todo lo que pude hacer fue asentir. Esto le pareció suficiente a Douglas, quién me dio otra media sonrisa.

"Ahora, Eli, voy a tener que hacerte algunas preguntas", dijo. "No tienes que responder nada sobre ningún tópico del cual preferirías no hablar. Solo necesito conocerte un poco mejor si vas a quedarte aquí".

"¿Me voy a quedar aquí?", Le pregunté. "Nadie me ha dicho realmente a ciencia cierta".

"Este es el lugar más seguro para cualquier Cambia formas", dijo. "Y, estaremos más seguros cuando nos mudemos al Craig mañana".

"El Craig?"

"Supongo que lo llamarías una montaña ", dijo. "Es la gran roca a las afueras de la ciudad".

"¿Cómo vas a mover un todo un pueblo dentro de una montaña?", Le pregunté.

"Lo verás pronto, Eli", dijo Douglas con firmeza. A pesar de que su tono no era muy brusco, me di cuenta de que estaba ansioso por llegar al asunto en cuestión, mi interrogatorio.

"Ahora, necesito saber de ti", continuó.

"Está bien", le dije. Podía escuchar un pequeño temblor en mi voz que no tenía la intención de demostrar.

"Primero", comenzó. "¿Por qué te apellidas Drake?"

"¿Qué quieres decir?"

"Quiero decir, usted fue adoptado por un señor y una señora Paulson de Baltimore, Maryland en los Estados Unidos. Pero, cuando te adoptaron, solicitaron que te dieran otro apellido. ¿Sabes por qué?"

Lo miré fijamente, con un millón de preguntas corriendo por mi cabeza. Preguntas que parecían más importantes, por ejemplo, ¿cómo sabía tanto sobre mí y mis padres? Pero supe instintivamente que no obtendría respuestas a mis preguntas hasta que respondiera a las suyas.

"Mi mamá me dijo que querían que recordara de dónde venía", dije finalmente. "Dijeron que Drake era una versión americanizada de mi apellido real".

"¿Y te dijeron cuál era tu verdadero apellido?", Preguntó.

"Draycen".

Ante la palabra, el ojo bueno de Douglas se abrió mucho más e incluso las marcas rojas en su rostro parecían palidecer.

"¿Estás segura?" Preguntó.

"Sí", le contesté. "Mi abuela... la mamá de mi madre... ella lo miró hace aproximadamente un año. Ella dijo que venía de las Tierras altas escocesas. Es por eso que mamá y yo hicimos el viaje aquí".

Lo vi asentir aunque era de forma casi imperceptible.

"¿Recuerdas algo acerca de tus padres biológicos?", Preguntó finalmente. Su tono era tranquilo pero agudo. Como si esta fuera la pregunta más importante que tenía para mí pero no quería que me percatara de ello.

"Yo solo era una niña de-"

"Dos años, lo sé", dijo, su voz tenía un tono cada vez más fuerte. Casi impaciente. "Pero, es muy importante que nos digas si recuerdas algo. Un fragmento. Una foto. Tal vez, algo que en su momento pensaste que no era un sueño".

Lo miré por un largo momento antes de sentarme de vuelta en mi silla. Sentí que mi cara se calentaba, como la sangre corriendo a mi rostro, cuando me di cuenta de que había una cosa. Un pequeño fragmento que nunca había mencionado a nadie más. Siempre había descartado la idea como ridícula. Se lo atribuyó a algún tipo de sueño o trauma después de la muerte de mis padres.

"Yo... recuerdo volar", le dije lentamente. "Recuerdo volar por encima de una casita y... y recuerdo fuego".

"¿Algo más?"

Cerré los ojos, esperando que eso pudiera reavivar alguna chispa de memoria. Pero, cuando la oscuridad se apoderó de mí, un nuevo recuerdo invadió mi vista.

No vi una sensación olvidada desde hace mucho tiempo. En cambio, vi a mi madre. Su pecho fluyendo con sangre. Sus ojos abiertos y vacíos, mirándome mientras yacía muerta en el callejón empedrado.

Me obligué a abrir los ojos y respiré hondo dos veces para intentar callar el corazón.

Douglas me miró desde su cama. Se inclinó hacia delante con atención, como si estuviera ansioso por escuchar algún tipo de nueva revelación.

"No", le dije. "Lo siento. Eso es."

Douglas se recostó en su asiento. Su rostro decayó y en frente parecía que podría estar surcando sus pensamientos, sin embargo, con los feos parches rojos en su rostro, era difícil decirlo. Miró el brazalete que rodeaba mi muñeca derecha. Instintivamente, puse mi mano alrededor de él como para protegerlo de su mirada.

"¿Y de dónde vino esa pulsera?", Preguntó.

Mi corazón comenzó a latir violentamente de nuevo y sentí mi cara sonrojarse.

"Mi... mi mamá", dije tímidamente. "Me lo dio justo antes de que..."

Todavía no puedo decir la palabra. Todavía se sentía como si decirlo, reconociéndolo, mostraría la verdad al mundo, lo haría más real.

"¿Qué pasó hoy en el castillo?", Preguntó. Se inclinó sobre sus mantas otra vez, evidentemente atento e interesado, proclive a escuchar mi historia. Aunque la verdad sea dicha, no estaba particularmente motivada a contarlo.

La idea de revivir lo que me acababa de pasar. La idea de volver a ver a mi madre en mi mente una vez más hizo que mi cuerpo se estremeciera. Abrí mi boca una o dos veces pero no surgió ningún sonido.

Un suspiro ligeramente exasperado que venía de Douglas me obligó a mirarlo.

"Eli", dijo. "Es muy importante que me digas exactamente lo que pasó. Quiero ayudarte. Pero no puedo hacer eso si no sé exactamente de qué estás huyendo".

Lamiendo mis labios, asentí y mi mirada hacia el piso. Se quedaron allí mientras contaba mi historia. Una vez más, hablé de cómo habíamos visto a los hombres de trajes grises siguiéndonos. Acerca de cómo ellos junto al hombre del traje oscuro y las gafas de sol nos acorralaron en el callejón.

Cuando se trataba de hablar mi madre, traté de sonar lo más neutral posible. Intenté fingir que estaba bien. Pero, parece que la neutralidad en mi relato no ayudaba a que las lágrimas pararan de descender mis mejillas o los fuertes sollozos que se soltaban de mi garganta cuando recordaba el cuerpo inerte y sin vida de mi madre, inerte en el suelo frente a mí.

Finalmente, pude contar la parte relativa a mi madre y seguir adelante con la historia. Le conté acerca de mi cambio, sobre cómo había sucedido sin que yo decidiera hacerlo. Sin que yo lo hubiera querido. Cerré los ojos y vi a gente huyendo de mí. Niños señalándome con miedo en sus ojos. Gente ardiendo con las llamas que provenían de mi boca.

Finalmente, le conté a Douglas cómo su hijo, Evander, me había encontrado en la carretera. Evander, el único punto extrañamente brillante en esta horrible historia. Sin embargo, descubrí que incluso hablar de Evander no podía calentar el escalofrío y el vacio que sentía en mi corazón cuando termine de narrar mi historia.

Este escalofrío me hizo envolver mis brazos alrededor de mí con fuerza. Sin saber si buscaba calentarme ante el aire frio o reconfortarme ante el vacío que sentía, o quizás ambos.

Hubo silencio en la sala durante varios minutos. De esos silencios ensordecedores, que gritan aunque nadie estuviera hablando.

"Gracias, Eli", dijo Douglas. Levanté la vista del suelo para verlo. No podría estar seguro. Pero, pensé que su mirada era más comprensiva ahora. Casi empática.

"Puedes irte ahora."

"¿Ir a dónde?", Le pregunté. Tengo que confesar lo sorprendida que estaba de lo pequeña que había sido la entrevista.

"Evander está esperando afuera. Él te mostrará la habitación de arriba donde pasarás la noche. Entonces, asegúrate de enviarlo aquí. Necesito hablar con él".

Quería decir algo más. Pero, cuando abrí mi boca, nada parecía salir. Así que, en cambio, di una pequeña reverencia y, vacilante, me volví hacia la puerta.

Cuando la abrí, me sentí más que aliviada al ver a Evander parado afuera. Dando la espalda a la habitación, como si hubiera quisiera asegurarse que al vigilar la puerta, no podría entrar nadie.

"Supongo que ha terminado conmigo", le dije.

Evander casi saltó cuando se volvió hacia mí. Sus ojos se abrieron de sorpresa por un momento, pero se suavizaron casi al instante.

"No estuvo tan mal, ¿verdad?", Preguntó. Una pequeña media sonrisa apareció en su rostro como si no estuviera muy seguro de lo que me decía.

La mirada me hizo querer tranquilizarlo. Para decirle que todo estaba perfectamente bien. Que su papá y yo éramos, de hecho, mejores amigos para toda la vida.

Pero, nunca había sido buena mentirosa. Incluso mientras intentaba una sonrisa, podía sentir el calor subiendo por mis mejillas, con mi rubor delatándome.

"Sí, estuvo bien", dije tan casualmente como pude. Al segundo que Evander me miró. Al segundo en que esos ojos brillantes buscaron los míos, pude notar que mi cara había confesado lo que mis palabras no quisieron.

"Dijo que me mostrarías a mi habitación", le dije rápidamente, con la esperanza de evitar más preguntas. "Entonces él dijo que necesitaba verte."

Su rostro empalideció incluso más cuando su mirada fue a mi rostro y acto seguido, al suelo, por un breve momento. Medio segundo después, sin embargo, se aclaró la garganta y se volvió hacia mí con una sonrisa.

"Supongo que deberíamos irnos entonces", dijo afablemente.

Evander me llevó de vuelta al luminoso vestíbulo y subió por la sinuosa escalera de mármol. Cuando llegamos al rellano del segundo piso, las ventanas se habían abierto para que el sol de la tarde se colara dentro del edificio. Esto, combinado con las brillantes paredes blancas, hacía que el piso de arriba pareciera mucho más brillante y mil veces más atractivo que el oscuro pasillo del piso de abajo.

Seguí a Evander por el pasillo izquierdo hasta una habitación con una puerta blanca tan brillante como las paredes a cada lado. Evander se detuvo en la puerta y la abrió.

"Pasarás la noche aquí", dijo. "Mañana, toda la ciudad se está mudando al Craig".

"Eso es algo que realmente no entiendo", dije, contenta, por fin, de tener algo concreto sobre lo que preguntar. "Dijiste que la guardiana puede mantener a la gente fuera. ¿No podría tu tía mantener a raya, lejos de la aldea, a quienes quisieran lastimarte?"

"Ella me protege a mi padre y a mí", respondió Evander algo preocupado. "Pero, no somos nosotros a quienes ellos quieren. Es a ti, tú eres su objetivo. Los Sealgaig contratarán hombres para destrozar a todo el pueblo en su búsqueda si es necesario".

"¿Por qué?", Le pregunté. "¿Qué es tan especial acerca de mí?"

"Eres el último de los Draycen", dijo. "Si estás viva, eso significa que hay esperanza para nuestra gente. Los Cambia forma de Dragón podrían seguir existiendo, nuestro legado puede sobrevivir".

Puso una mano en mi hombro, sentí el calor de su piel como lo había hecho en la cocina. Sus ojos me miraron fijamente con esa misma mirada, como si estuvieran mirando a través de mi mente y alma. O, mejor dicho, con esa mirada que me jalaba hacia él, como una gravedad implacable.

Respiré hondo y baje la mirada hacia mis pies, lejos de su mirada penetrante.

"Eso es una gran responsabilidad", le dije, tratando de soltar una leve carcajada, para hacer más ligera la idea. "Quiero decir, nunca he sido el salvador de toda una raza de personas antes. ¿Y si resulta que no soy buena en eso? "

Me alegré cuando lo oí reír en respuesta a mi chiste. Al menos alivió la tensión. Sin embargo, esa tensión volvió multiplicada cuando su mano se movió hacia mi barbilla.

Suavemente, levantó mi mirada para que no quedara más remedio que ver sus ojos. Mi corazón dio dos vueltas en mi pecho cuando una vez más fui capturada por su mirada. Tan prendada como el primer instante en que lo vi en la carretera.

"No te preocupes, Eli", dijo. "Estarás bien. Todos estaremos bien. Lo prometo."

"¿Cómo puedes prometer algo así?", Le pregunté en voz baja, mientras el se acercaba lentamente a mí , nuestros labios estaban separados por centímetros, nuestra respiración casi se combinaba, calentando el aire.

"Porque", dijo. "Cualquiera que quiera acercarse a ti tendrá que atravesarme primero, y te lo juro, no les será fácil."

Abrió su mano y puso la palma de la mano en mi mejilla. Podía sentir la piel suave mezclada con callos ásperos. Podía sentir su aliento cálido como la luz del sol en mi cara.

Antes de que pudiera asimilar completamente lo que estaba pasando, cerró la escasa distancia entre nosotros y colocó sus labios en los míos.

Este beso fue más suave de lo que pensé. Más suave y mucho más cálido. Solo había empezado a responderle, a besarle de vuelta, cuando se alejó de mí.

Dio varios pasos hacia atrás y me miró con los ojos abiertos de par en par, como si hubiera entrado en una especie de repentino shock.

"¿Qué ocurre?" Le pregunté, algo herida y ofendida por su repentina frialdad.

"Nada", dijo sacudiendo la cabeza. Intentó sonreírme, pero con una sonrisa forzada que mostraba amabilidad en los labios pero frialdad en los ojos.

"Descansa un poco", dijo alejándose de la puerta y avanzando hacia las escaleras. "Te veré mañana por la mañana".

Dicho eso, dio la vuelta y bajo casi corriendo por la escalera de caracol como si temiera que alguna bestia lo persiguiera.

Me quede mirando la escalera fijamente unos minutos antes de pasar a lo que sería mi habitación. En el interior, vi un suave y hermoso camisón blanco tendido en mi cama. Así como una camisa fresca y un par de jeans para el día siguiente.

Solo entonces me di cuenta de lo increíblemente agotada que estaba realmente. Mis piernas ahora sentían como si estuvieran listas para ceder ante mi peso y el resto de mi cuerpo sentía como si necesitara al menos dos semanas de sueño para recuperarme, como si el peso de todo lo que había ocurrido finalmente me alcanzara y cayera implacable sobre mí.

Me puse el camisón sobre la cabeza y me moví entre las sábanas de mi cama. Cuando cerré los ojos, intenté lo mejor que pude para alejar los recuerdos del terror que gritaba, despedir a mi madre y reemplazarlos con pensamientos de Evander.

En su mayoría eran preguntas como ¿por qué se apartó de mí en la puerta? ¿Y por qué me sentía tan atraído por él? Apenas lo conocía después de todo. Solo nos habíamos conocido ese mismo día.

Pero, desde el primer momento en que lo vi, el primer momento en que sus ojos miraron hacia los míos, me di cuenta de que estábamos conectados. Los dos cambiamos, por supuesto, pero, había algo más allí. Algo más profundo.

Cuando finalmente me dormí, mis sueños se intercambiaban sin parar entre imágenes de fuego, gritos y cadáveres sangrantes muertos y el tacto cálido Evander al tocar mi cuerpo.

Capítulo Siete -Evander

Íbamos al Craig.

Esperaba pacientemente al final de las escaleras cuando Fiona bajó con dos maletas armadas y listas. Eli la siguió detrás cargando solo una pequeña mochila.

Me dio una pequeña sonrisa llena de esperanza. Pero aparté mi vista de ella y la bajé al suelo.

Sabía que no era justo. Sabía que debía decirle por qué tenía que mantenerme distanciado, al menos por los momentos. Pero, sabía que ella no lo entendería. Tomaría mucho tiempo explicar nuestras tradiciones. Y, tomaría aún más tiempo explicar lo que ella tuvo que pasar primero. No, era mejor dejar que Fiona le dijera llegase el momento.

De todos modos, sentí un nudo en mi estómago por la culpabilidad cuando ella me habló. Oí su voz decaer, privada de su brillo y chispa habitual.

"Entonces, ¿supongo que vendrás con nosotros?", Preguntó.

"Sí", respondí mirando mi propio bolso y jugueteando innecesariamente con el cierre. "El pase de Craig ya se ha abierto. La mayoría de las mujeres y los niños ya han ingresado.Nos uniremos a los hombres que se dirigen al interior".

Esta incomodidad que sentía hacia la presencia de Eli no se debía en principio al beso que compartimos la noche anterior. Ni siquiera tenía que ver con la mirada fría mi tía Fiona me estaba dando mientras hablábamos, una mirada que casi atravesaba mi cráneo.

No, tuvo más que ver con la reunión que tuve con mi padre la noche anterior. No podía decir que no esperaba que me pidiera algo como lo que me pidió. Pero, saberlo no lo hizo más fácil. Solamente sirvió para hacer que el estar en presencia de Eli fuera mucho más incómodo.

"No tenemos mucho tiempo", dijo Fiona, aunque su voz, como de costumbre, indica que no había necesidad de prisa, solo impaciencia de su parte. "Deberíamos ir saliendo".

Fiona salió del castillo del clan por el camino que atravesaba el pueblo. Que en cuestión de pocas horas paso del bullicio normal a ser un pueblo fantasma.

Pasamos por la pequeña tienda de alimentos, la tienda de ropa, la librería, la cafetería y el pub, todos cerrados. Sus puertas habían sido cerradas con tablas de madera y las luces estaban apagadas.

Ni un solo sonido salió de las calles mientras caminábamos a la luz del sol naciente. Miré a ambos lados de la calle, viendo pequeñas casas completamente vacías.

"¿Dónde están todos los autos?" Preguntó Eli mientras miraba los caminos vacíos a cada lado de nosotros.

"No hay mucha gente en el pueblo conduciendo", le dije. "Los pocos autos que tenemos están estacionados en un garaje junto al castillo".

"¿Cómo se mueven entonces?"

"Somos gente muy reservada", me sobresalte cuando escuché la respuesta proveniente de la voz fría de mi tía Fiona. "Tenemos todo lo que necesitamos en el pueblo. Y nuestra gente tiene la tendencia natural a sospechar de... forasteros".

Al oír la palabra, Fiona le lanzó una mirada rencorosa a Eli. Evidentemente, la eterna sospecha que Fiona tenia sobre los forasteros se transfirió a Eli.

Eli le dirigió a Fiona una mirada que era del mismo tono desconfiado mientras avanzábamos a través de la silenciosa y fantasmal aldea.

Al borde de la ciudad, a la sombra del Craig, finalmente nos encontramos con la línea de hombres que se movían a través de una amplia abertura en un lado de la montaña. Cuando nos abrimos paso hacia el frente, nos hicieron sitio. El hijo del jefe de clan siempre va al frente de la línea.

Esta vez, en lugar de las habituales reverencias y cortesías que recibía cuando normalmente los veía, mientras marchaba a través de ellos podía ver miradas de sorpresa. Algunos de ellos susurraron, tapando sus labios con sus manos cuando pasamos, y otros apuntaban sin mucho disimulo la pulsera que Eli llevaba alrededor de su muñeca.

Ella no pudo evitar bajar la vista ante la repentina atención y curiosidad de la gente, pude ver un inocente un rubor rosa llenando sus mejillas, que hacia juego casi perfecto con su pelo rojo. A pesar de que una pequeña voz en el fondo de mi mente me advirtió que no me acercara demasiado, no pude evitar acercarme a ella y tomar su mano con la mía.

Para mi sorpresa, ella me miró sonriendo tímidamente.

"Aparentemente, no recuerdas mi política acerca de no sostener mi mano", dijo. Sin embargo, la sonrisa en su rostro me dijo que ella realmente no quería decir eso en lo más mínimo, Le devolví la sonrisa.

"Bueno, eso fue antes de que me besaras", le respondí traviesamente. "Después de eso, pensé que tomarte la mano era un riesgo que podía correr".

"Si puedo recordar bien, tú me besaste a mí", siseó ella. Un rubor rojo llenó sus mejillas de nuevo con una pequeña sonrisa que permaneció en su lugar, junto a su mirada que aceleraba mi corazón.

"Tal vez", admití de mala gana. "Pero, solo porque sabía que querías besarme".

"¡Oh! ¿Puedes leer mentes ahora?"

"Puedo leer caras", le dije. "Y la tuya es particularmente fácil de leer".

Su rubor se hizo más profundo y se miró los pies.

"¿Lo es?", Preguntó ella, con un pequeño y nervioso gorjeo en su voz.

"Uno de los rostros más fáciles de leer que he visto en mi vida".

"Muy bien, entonces dime," dijo finalmente mirándome directamente. El rojo en sus mejillas había desaparecido y fue reemplazado por una sonrisa coqueta. "¿Qué estoy pensando ahora?".

La Miré larga y detalladamente mientras nos abríamos paso entre la multitud, Fiona caminando delante de nosotros.

"Ahora, te estás preguntando por qué tienes que estar quién sabe cuánto tiempo estuvo encerrada dentro de una montaña".

Ella sonrió.

"Justo en el blanco", dijo ella. "Quiero decir, sé sobre los Sealgaigs y sus mercenarios y todo. Pero, todavía no veo cómo se supone que permanecer en una montaña nos mantiene seguros".

"Es sólo temporal", le dije.

"¿Qué tan temporal?" Preguntó ella.

"Depende".

"¿De qué depende?"

"Depende de cuánto tiempo te lleva estar debidamente entrenada", le respondí. Podía sentir el calor subiendo por mis propias mejillas. Sabía que nuestra conversación se acercaba peligrosamente al tema del que mi padre me había advertido que no hablara con Eli. Se suponía que Fiona debía enseñarle sobre su poder para cambiar formas, después de todo. La explicación sobre eso y... el resto... tenía que venir de ella.

"¿Qué quieres decir con estar debidamente entrenada?" Preguntó Eli.

"Fiona te lo explicará", le dije rápidamente. Moví mis ojos hacia arriba y miré alrededor del espacio cavernoso en el que habíamos entrado. Se parecía mucho a un camping. Se instalaron carpas grandes y pequeñas a lo largo del piso de la montaña. La mayoría de ellos cerca de un pequeño arroyo que fluía entre las rocas.

Sólo las mujeres y los niños habían establecido sus tiendas esa mañana. Entonces, había mucho menos de los que se suponía que tenían que haber. El campamento estaba la mayor parte del tiempo en silencio, solo rompía esa muda monotonía el grito ocasional de una pequeña voz infantil o las instrucciones a viva voz de una joven madre.

Cada año nacían menos y menos niños dentro del clan. Los hombres superaban en número a las mujeres en una proporción de diez a uno y nuestras tasas de natalidad no podían mantenerse al día con la población. Además era imposible que los cambiantes como nosotros pudiéramos tener hijos con forasteros, humanos no cambiantes. Biológicamente, no funcionaría.

Y, debido a que los Sealgaig habían matado a los otros clanes, no había posibilidad de relacionarse con ellos. Si esto continuaba, el clan Craig, el último clan de la gran tradición de cambia formas de dragón, se extinguiría en dos generaciones.

Mi mano se apretó dentro de Eli. Sabía que si quería preservar el legado de mi gente para mantener intacta nuestra línea, tenía que hacer lo que se me pedía.

Y, si era honesto conmigo mismo, quería hacer lo que mi padre me pedía. Cuando miré a Eli, su cabello cayendo en su cara, su cuerpo corto curvándose en sus caderas, sus bonitos labios rosados frunciéndose, me era imposible negar que nunca antes había deseado, realmente deseado, algo más de lo que la deseaba a ella.

Pero, no se trataba solo de mí. Nunca imaginé que mi padre arreglara la noche de mi matrimonio, y nunca imaginé que tendría que obligar a la chica a dormir conmigo. Pero ahora, con la vida de Eli y el destino de mi clan en juego, sabía que eso era lo que tendría que hacer.

Fiona se detuvo junto a una escalera de piedra que se curvaba en lo que yo sabía que era la suite nupcial. Una hermosa habitación instalada dentro del Craig y generalmente reservada para ceremonias de apareamiento.

"Eli", dijo Fiona mientras se giraba hacia nosotros. "Vendrás conmigo. Evander, sigue adelante hasta las próximas escaleras, hacia la habitación de tu padre. Él te está esperando allí".

Eli me miró con los ojos muy abiertos.

"¿No puedes venir conmigo?" Preguntó ella aferrándose más fuerte a mi mano. Abrí la boca para responder, pero, antes de que pudiera, Fiona intervino.

"Al menos no verás a Evander por varias semanas", dijo Fiona. Eli me miró. Su rostro estaba blanco de terror durante medio segundo antes de oscurecerse de rabia cuando se volvió hacia Fiona.

"¿Por qué?" Preguntó ella.

"Te lo explicaré todo arriba", respondió Fiona.

Eli continuó mirando a Fiona con los pies colocados firmemente, negándose a moverse. Finalmente, me acerqué a ella, le puse las manos en los hombros y la giré para mirarme.

Sabía que lo que estaba a punto de hacer era incluso menos justo que mantener mí distancia. Además, podría ser potencialmente peligroso. Para ella, para mí, para todo el clan.

Pero, cuando miré la cara de Eli, no pude evitar ver la mía a los cuatro años. Un niño, asustado por lo que podía hacer, asustado por lo que le pasaría a su familia.

Yo tenía a mi padre para consolarme en aquel entonces. Eli supuestamente tendría a mi tía. Pero Fiona, tan buena como lo fue para entrenarme, tan buena como lo fue para mantenernos a salvo, nunca ha sido buena consolando a nadie.

Y, cuando miré a los ojos de Eli, supe que ella necesitaba consuelo más que nada. Y, más allá de eso, sabía que tenía que ser yo quien se la proporcionara.

"Está bien, Eli," dije. "No te preocupes".

Me incliné y la abracé, acercando mis labios a su oreja.

"No cierres la puerta esta noche", le susurré. Cuando me retiré, su cara estaba enrojecida, pero me miró directamente a los ojos y asintió. Y, con solo una leve vacilación, se alejó de mí y se dirigió a Fiona, que la condujo por los escalones de piedra y la perdió de vista.

Capítulo Ocho -Eli

Deje la puerta sin seguro, justo como Evander secretamente me había pedido.

El cuarto, aunque estaba desprovisto de cualquier tipo de luz natural, era sorpresivamente cómodo, a pesar de haber sido tallado en un lado de una montaña, pequeñas luces estaban alrededor de los muros para evitar que terminara tropezándome con mis pies en la oscuridad.

Había una pequeña mesa al lado de la cama tamaño matriominal y un escritorio para trabajar mas allá de la cama. Además del escritorio había una biblioteca que tristemente no tenía ningún libro.

"No sabíamos cuales libros podrían gustarte," Me comento Fiona antes de retirarse. "Así que lo dejamos sin nada, Douglas dijo que podías ir a su biblioteca a cualquier hora que te apetezca y coger algún libro. El se está quedando en la Suite Real escaleras arriba."

Fiona me había dicho otras cosas. Cosas sobre mis verdaderos padres, mi pasado, y el clan. Cosas que realmente no entendía del todo bien. Cosas que sabía que no entendería hasta que Evander viniera y me las explicara.

Cuando apague las luces por primera vez, me quede esperándolo. Me senté con la espalda apoyada en las almohadas, con la Mirada fija en la puerta imaginándolo entrando de forma intrépida y segura a la habitación, de la misma manera que el siempre caminaba.

Los minutes corrían y no había ninguna señal de él, mis parpados se volvieron demasiado pesados, y el sueño demasiado intenso como para luchar contra él, contrario a lo que había planificado originalmente mis parpados se cerraron, y con ellos, mi mente se desconecto.

Y ahí fue cuando lo vi. Estaba volando de nuevo encima de la pequeña casa en el medio de las colinas escocesas. Era la misma casa que recuerdo de cuando tenía solo dos años de edad, podía escuchar los gritos que venían de ella, mientras las llamas salían de sus ventanas.

Volé en un círculo frenético alrededor de la casa, sintiéndome helada y horrorizada. Abrí mi boca para gritar, para llorar pero de ella no salía otra cosa más que pequeñas chispas. Mire hacia abajo y ahí fue donde lo vi.

El hombre de cabello Sal y pimienta, el hombre del rostro pálido. Ese hombre emergió de la casa, sin un rasguño, sin una quemadura, entonces, el miro hacia arriba, directamente a mí, estaba usando exactamente los mismos lentes de sol que le vi cuando nos persiguió en la carretera hacia el pueblo.

Volé sin ninguna dirección fija pero siempre alrededor de la pequeña casa, aterrorizada pero incapaz de huir. Vi el hombre extender su brazo para que otro, uno de sus compañeros, le diera un arco y una flecha. Tan pronto lo hizo, el hombre de largo y pálido rostro se quito los lentes de sol.

Abrí mi boca y esta vez, el grito si emergió. Mis ojos se abrieron de golpe, y aunque me podía ver de vuelta en la habitación, no paraba de gritar y llorar.

Fue ahí cuando la puerta se abrió rápidamente. Vi a Evander correr hacia mí, presa del pánico, lo empuje y le di patadas para alejarlo mientras casi caí de la cama, todavía gritando, todavía llorando.

"Eli, ¡Soy yo!" Me exclamo, mientras ponía sus manos firmemente en mis hombros. "Estoy aquí. Estas a salvo."

Cuando sentí que sus manos se posaron sobre mis hombros, logre detener los gritos. Pero todavía no terminaba de calmarme, con mis ojos desorbitados, mi cuerpo todavía con el shock de la memoria del sueño.

"Lo...Lo vi...,"Le confesé. "El hombre...el que nos persiguió en la carretera...se quito sus lentes de sol y..."

"Viste al hombre rojo," Me respondió Evander. "Así es como lo llamamos en el clan."

Cuando vi esos ojos, con pupilas que brillaban rojas como dos brasas infernales en lugar de un color normal. El mismo rojo que cubría su iris, podía ver porque tenía ese apodo en el clan de Evander.

"Y...Yo...Yo creo que estaba recordando," dije. "Algo sobre mis padres."

"Tal vez," me respondió. "Pero de todos modos, ya paso."

El puso sus manos en mis brazos y me guio hacia su pecho, algo dudosa, descanse mi cabeza contra su pecho mientras el acariciaba mi cabello y me susurraba al oído, para calmarme.

No puedo estar segura de cuánto tiempo estuvimos así, en esa posición, podría jurar que pasaron horas hasta que por fin me aleje.

"Trate de esperar despierta por ti", le dije.

"Y yo esperaba que lo hicieras", me dijo con una pequeña sonrisa cómplice. Detecté un rastro de coqueteo en ella, pero descubrí que, dadas las circunstancias, no podía corresponder las intenciones ocultas detrás de aquella sonrisa.

"Fiona me dijo algunas cosas", dije ansiosa por hablar del tema que quería discutir con él. "Algunas cosas sobre nosotros. Ella dijo eso, tan pronto como termine mi entrenamiento, tan pronto como pueda controlar mis habilidades como cambia forma tu y yo..."

"Debemos estar emparejados", respondió por mí, concluyendo mi idea.

"Ella dijo que es como... un matrimonio", le dije. "Pero, la cosa es... ¡No puedo casarme! Sólo tengo veinte años en primer lugar. Y yo nunca he siquiera... "

Permití que mi voz se desvaneciera y sentí un rubor en mis mejillas. Incluso después de todas las cosas graves que habían sucedido, mi virginidad seguía siendo un punto algo vergonzoso para mí.

"Te conozco... puede que no quieras", dijo Evander en voz baja. "Y normalmente, nunca obligaría a una mujer a hacer algo que preferiría no hacer. Pero... Eli... esta es la única manera de mantenerte segura ".

"¿Quieres decir de los Sealgaigs?" Pregunté.

"Sí", respondió. "Mientras no seas parte de nuestro clan, pueden matarte. Pero, si te unes a nosotros, no pueden ni tocarte un cabello".

"Pero... ¿de igual manera no me encontrarían los mercenarios?", Le pregunté, algo desesperada por encontrar un argumento en contra de mis próximas nupcias. "Dijiste que estaban desesperados. Y al final consiguieron la manera de llegar a tu madre incluso después de que se había apareado con tu padre".

Me miró y frunció los labios antes de alejarse. De repente me arrepentí de haber mencionado eso tan casualmente. Por supuesto, la muerte de la madre de Evander todavía lo afectaba tanto como la muerte de mi madre me afectaba ahora.

"Eso fue... diferente", dijo finalmente. "No teníamos un portero eficaz. Una vez que estemos juntos, vivirás en el castillo. Y, créeme, Fiona no dejará que nadie la pueda pasar".

"Pero que si..."

Evander me interrumpió moviendo su mano para tocar mi barbilla. Sentí el calor de su palma una vez más en mi piel y su pulgar se movió suavemente hacia arriba y hacia abajo sobre mi barbilla.

"Eli", dijo en voz baja. "Esta es la única manera."

Lamí mis labios buscando algún otro argumento. Pero, cuando miré esos penetrantes ojos verdes, tan parecidos a los míos, me era imposible refutar los suyos. De repente, ni siquiera estaba segura de querer refutarle sus argumentos.

Después de todo, si el precio por mi seguridad, así como la seguridad y bienestar de docenas de otras personas inocentes, era que me casara con un escocés magnífico, amable y gentil, bueno... Supongo que hay ofertas peores en esta vida.

Una vez más, coloqué mi cabeza en el hombro de Evander que no había sido lastimado por la bala. Una vez más, levantó su mano y acarició mi cabello.

"¿Prometes que estaré a salvo aquí?" Pregunté con voz temblorosa.

"Lo juro", dijo.

Lentamente, me aparté y lo miré. Había una fiereza en sus ojos, una sensación de seguridad y protección que nunca antes había visto en nadie más.

Lentamente, me incliné hacia delante, tal como había hecho en la cocina el día anterior. Solo que esta vez, nadie estaba para interrumpirnos cuando mis labios se fundieron en los suyos.

Capítulo Nueve - Evander

Su beso fue cálido, cándido y suave. Y aun así, podía sentir el fuego y la pasión que había visto dentro ella la primera vez que nos conocimos. Ese fuego y pasión que me habían atraído hacia ella en el camino.

Cuando envolví mis brazos completamente alrededor de ella, su beso se profundizó. Paso repentinamente de una brisa dulce y suave a una tormenta feroz.

Me agarró por los hombros y me apretó con fuerza contra ella. Como si estuviera desesperada por mi toque, desesperada por sentir mi cuerpo contra el de ella.

A la primera señal que percibí de su desesperación por mí, no pude evitar desatar la mía por ella.

Apenas consciente de lo que estaba haciendo, agarré sus hombros, la giré y la empujé sobre la cama.

Mis labios se movieron de sus labios a su cuello mientras mi mano corría por un lado de su cuerpo.

Ella hizo un pequeño y atractivo gemido cuando mis dientes rozaron un punto sensible en su cuello. La escuchaba jadear mientras mi pierna se movió hacia el lugar entre sus piernas mientras mi mano se movía hacia su pecho.

Podía sentir la presión aumentando dentro de mis boxers. Sabía que no podría dejar de hacer lo que estaba haciendo y, lo que más importante, no quería detenerme.

Sabía muy bien que la tradición dictaba que no podía acostarme con mi compañera hasta la noche de la ceremonia. Nadie sabía qué podría pasar si Eli y yo hacíamos el amor antes de que ella fuera debidamente entrenada en sus capacidades de Cambia formas.

Pero, cuando sentí sus suaves brazos estirarse para envolver mi cintura, cuando escuché los dulces y bajos gemidos de su garganta cuando mi pierna se movió contra su entrepierna, cuando mi mano apretó su pecho por encima de la ropa, no pude controlarme mas.

A diablo con las tradiciones.

Lamí el hueco que surgía entre sus clavículas y su garganta, cuando extendía hacia atrás su cabeza, y se acomodo presta para que yo pudiera bajar las mangas de su camisón, liberando su pecho de sus confines.

Inmediatamente, puse mi boca en ellos. Esto provocó otro dulce gemido de la muchacha que estaba debajo de mí, pero esta acción, a su vez, envió un escalofrío por mi espina dorsal, que siguió recorriendo mi cuerpo, directamente a mi virilidad.

Moví mis labios de su pezón y dirigí mi atención al otro. Mientras lo hacía, metí una mano debajo de su camisón, hacia sus piernas y comencé, juguetonamente, a tocar su muslo interno.

"Oh, Dios", dijo mientras me acercaba peligrosamente al calor que emanaba de sus partes más deseosas. "Por favor, Evander."

Su voz era desesperada, temblorosa, como si le estuviera negando un medicamento que necesitaba desesperadamente. Supongo que eso fue lo que hizo que levantara la cabeza de su pecho para mirarla a los ojos.

Ella me miraba con ojos tan desesperados como su voz. Ella me miró como si yo fuera la única cosa en el mundo que podría hacerla sentir mejor. Yo era la única persona que podía hacer desaparecer sus horribles pesadillas.

Mantuve mi mano suavemente donde estaba su muslo, pero ella no aguanto más y decidió tomar la iniciativa, me agarró de la muñeca, intentando, con todas sus fuerzas, moverla hacia el centro más cálido y húmedo de su humanidad.

"Por favor, Evander", dijo ella. "Necesito este. Lo necesito tanto.

Sus ojos estaban enrojecidos con lágrimas no derramadas y su voz estaba llena de sollozos que no se atrevía a decir.

Supe, en ese instante, exactamente lo que estaba pasando. Yo había hecho lo mismo cuando era adolescente. Cuando las pesadillas se volvieron demasiado intensas, cuando llegaban a ser demasiado para soportar, me escabullía en el dormitorio de una chica del clan.

La use en su ocasión igual que Eli estaba tratando de usarme a mí.

No me había funcionado. No importaba lo bien que se sintiera mientras lo estábamos haciendo, las pesadillas siempre iban a volver.

De repente, me di cuenta de que, si hacía esto, si tomaba a Eli ahora, la estaría usando de la misma manera que use a esas muchachas del clan. Y, lo que es más grave, podría poner en riesgo a todo el clan y a ella.

Ni siquiera la haría sentir mejor. Las pesadillas volverían.

Cerré los ojos y respiré hondo para tranquilizarme. Finalmente, solté mi mano del fuerte apretón de Eli y me levanté de la cama.

"¿Qué estás haciendo?", Preguntó con urgencia, con inocultable sorpresa, levantándose sobre las almohadas.

"No podemos", le dije. Aparté la vista de ella mientras intentaba ajustar mis boxers. Todavía ocultaban la gran presión que causaba mi virilidad y supe que tendría que ocuparme de eso más tarde.

"¿Por qué no?", Dijo ella, moviéndose hacia mí. "Quiero. Además, de todos modos se supone que debemos estar emparejados".

"Todavía no", le dije con firmeza. Se acercó a mí y me puso una mano en la mejilla. No pude evitar que mis ojos cerrados flotaran ante la suavidad de su toque. Me tomó toda la fuerza que tenía en mí para alejarme de ella y resistir la tentación.

"Volveré mañana por la noche, Eli", le dije. "Lo prometo."

Sin esperar una respuesta de ella, salí corriendo de la habitación y subí las segundas escaleras. Las que llevaban directamente a la suite real.

Me abrí paso en el interior usando los candeleros a lo largo de la pared para guiarme a través de la pequeña cama junto a la puerta donde dormía mi tía. Podía escuchar los ronquidos que emanaban de la cama mucho más grande en la parte trasera de la habitación, donde estaba mi padre.

Llegué a mi propia cama en la esquina más alejada y me dejé caer sobre ella. Miré hacia abajo a los boxers que usaría para dormir. Todavía podía ver la presión que causaba mi pene en ellos.

Sabía que mi noche sería tan larga como el tiempo que las imágenes de Eli jugaran en mi mente. Mientras recordaba esos pechos perfectos, tensos y listos para mí. El calor de su centro, el fuego desesperado en sus ojos, los dulces sonidos que hacía al final de su boca, no podría calmarme.

Entonces, mirando en cualquier dirección, rezando para que ni mi tía ni mi padre me escucharan, metí mis manos en mis boxers, tomé mi miembro con la mano y me entregué a los recuerdos. Cerré los ojos y vi sus labios rosados, sonrojados por presionar los míos. Vi sus ojos verdes sonriéndome desesperadamente. Fuego y pasión dentro de ellos.

Me imaginé la sensación de ese centro cálido y apretado, haciendo húmeda presión contra mis dedos. Entonces me lo imaginé rodeándome, presionado contra mi miembro. Me acaricié mientras imaginaba cómo se sentiría estar dentro de ella. Imaginándome como seria estar dentro y fuera de ella mientras ella estaría gimiendo sin parar debajo de mí, gimiendo sin parar por mí. Me estremecí cuando recordé el sonido de su voz, susurrándome una súplica.

"Por favor, Evander", dijo en mi mente. "Necesito esto. Te necesito."

Con el sonido de su voz imaginaria, el sonido de su necesidad por mí, vine gruñendo tan silenciosamente como pude en mi mano.

Cuando cerré los ojos para dormir esa noche, encontré que mi mente estaba enfocada en nada más que en ella. Ella se desvaneció dentro y fuera de mis sueños como un espíritu travieso. Y, cuando desperté, supe que no podía estar más impaciente porque comenzara su entrenamiento y llegara la ceremonia.

Capítulo diez- Eli

El entrenamiento no iba precisamente bien. Me senté en un gran área en medio del Craig, igual a como lo había hecho durante las últimas dos semanas, tratando de prestar atención a las instrucciones de Fiona, tratando de aquietar mi mente. Esa, dijo, era la única manera en que podría transformarme a voluntad.

"Tienes que llevarte a un lugar donde no puedas pensar en nada", me dijo. Caminaba en un círculo cuando me senté en el medio, crucé las piernas, cerré los ojos y fruncí el ceño. Tratando de concentrarme en nada.

"Concéntrate solo en lo que está sucediendo a tu alrededor. Enfócate en el sonido de mi voz, la sensación de las rocas debajo de ti. Elimina todo lo demás de tu mente, vacía tus ideas".

Esa fue la parte difícil. Habían pasado tantas cosas en las últimas semanas que no podía dejar de pensar en eso. Cuando cerré los ojos, las imágenes de mi madre y los niños gritando y huyendo de mi fuego en el castillo de Edimburgo aún me acosaban. Estos pensamientos solo se veían aliviados por los pensamientos de Evander que invadían mi mente.

Había cumplido su promesa de visitarme todas las noches. Aunque, después de la primera noche, siempre se aseguraba de mantener una cierta distancia. Ahora, en lugar de sentarse en la cama conmigo, se sentaba en una silla al lado de la cama.

Siempre hablábamos hasta que me quedara dormida. Y siempre se había ido por la mañana, y siempre me dejaba una flor en la silla.

Olvidar esa sola flor, o las conversaciones que tuvimos o mi imaginación malvada que involucraba su cuerpo fuerte y desnudo presionado contra mí, era una empresa tan complicada como olvidar los horribles recuerdos que tenía.

"Tienes que llenar tu mente con nada más que la bestia dentro de ti", Fiona me estaba diciendo de nuevo, lo que parecía una historia repetida mil veces. "Quiere salir de ti. Tienes que permitirlo.

Fruncí el ceño y lo intenté de nuevo. Conscientemente hice el esfuerzo de apartar los pensamientos de Evander y sus flores y su cuerpo. Respiré hondo y traté de pensar en la bestia.

"¿En qué estás pensando?", Preguntó Fiona con un suspiro de impaciencia.

"La... la bestia", traté de mentir. Aunque sabía que no iba a funcionar.

Oí a Fiona soltar un resoplido de frustración.

"Ambos sabemos que eso no es cierto", dijo. "Si ese fuera el caso, estaríamos lista y ya te habrías transformado, esfuérzate más."

Y así lo hice. Me obligué a pensar solo en lo que había sentido la primera y única vez que me había transformado. Traté de imaginar esas poderosas alas, volando sobre el castillo.

Fue entonces cuando llegaron las otras imágenes. Mi madre, muerta en la acera, el castillo en llamas y ese hombre. El hombre rojo.

Cuando su rostro, con esos ojos rojos vino a mi mente, dejé escapar un grito ahogado.

"¿En qué estás pensando ahora?" Preguntó Fiona.

Pensé en volver a mentir. Pero, sabía que eso no funcionaría. Mejor decir la verdad.

"Estoy pensando en el hombre rojo", le dije automáticamente.

"¿El que mató a tu madre?", Preguntó con frialdad. Al mencionar eso, sentí mis manos apretadas en forma de puños a mi lado y un gruñido enojado salió de mi garganta como respuesta.

"Sí", respondí con una voz profunda y gutural que no era la mía.

"Elenor", dijo ella. "Voy a intentar algo diferente. Quiero que sigas pensando en ese hombre. Pero no solo quiero que pienses en el. Recuerda lo que paso, quiero que pienses en lo que hizo. Vuelve tu mente a ese día en el castillo".

Mi primer instinto fue rechazar este ejercicio que casi parecía un acto de masoquismo, levantarme y salir corriendo de la habitación tan rápido como pudiera. Pero, algo dentro de mí me dijo que me quedara firme en mi lugar. Creía que ese algo podía ser el mismo algo que hizo que cerrara mis manos apretadas en forma de puños y que mi garganta emitiera ese gruñido gutural.

Me quedé sentada donde estaba y comencé a enfocar mis pensamientos en el hombre rojo.

"Recuerda cómo te sentiste cuando viste al hombre parado sobre el cuerpo de tu madre", dijo. "Recuerda todo al respecto. Qué aspecto tenían los otros dos hombres, cómo estaba parado el hombre rojo, qué vestía. Recuerda la expresión en su cara.

Mis manos se clavaron en mis palmas con tanta fuerza y violencia al recordar todo eso que podía sentir pequeñas gotas de sangre fluir por ellas y descender al piso de piedra rojiza a mis pies.

"Recuerda lo que le hizo a tu madre", dijo ella. Recuerda lo que le viste hacer con tus padres biológicos. Piensa en lo que hizo y luego piensa en lo que quieres hacerle.

Fue entonces cuando lo sentí. El fuego corría por mis huesos, cambiándolos, alargándolos.

Antes de que supiera lo que estaba sucediendo, estaba volando por la habitación, raspando las paredes con mis afiladas garras, abriendo la boca y permitiendo que cayera un fuego dentro del círculo.

Fiona no cambió de forma, en cambio, se apartó del aliento feroz de la bestia agachándose y retrocediendo hacia la entrada.

"Bien, Eli", Felicitando y llamando a su protegida. "Ahora cambia de vuelta".

Casi no le preste atención las palabras, en lugar de obedecer, sentí que la bestia dentro de mi desgarraba y destruía la habitación, haciendo que un cuarto de piedra tallada temblara ante su fuerza. Sabía que mi lado dragón estaba buscando al hombre rojo. Pero en algún lugar, en el fondo de mi mente, mi lado humano me dijo que no lo encontraría aquí. Que estaba destruyendo este espacio por ninguna razón.

A la bestia no le importaba. Su enorme cola se agitaba de lado a lado de las piedras haciéndolas desmoronarse y temblar.

"Garaimthuarais!"

Tan pronto como la voz me llamó, sentí el latido de mi corazón lento. La bestia aterrizó en el suelo de la habitación de piedra, ahora transformada casi en su totalidad en escombros, cerró los ojos y se movió.

Cuando abrí mis ojos una vez más, mis extremidades se sentían débiles y estiradas. mi cabeza se sentía mareada y mis oídos zumbaban con el recuerdo de mi propio terrible rugido.

Finalmente, mis ojos volvieron a Fiona. La mujer me miraba duramente, con reproches en la mirada y los brazos cruzados sobre el pecho.

"Bueno, eso fue un progreso...por lo menos", dijo.

"Bueno, es la primera vez que logre cambiar de formas aquí", le dije, un poco desanimada. Todavía no podía cambiar de la forma en que Evander y los demás lo hacían. Al despejar voluntariamente su mente.

"Sí", dijo Fiona. "Y lo hiciste voluntariamente. Al parecer, la meditación no funcionará en ti. Tu bestia solo responde a la venganza".

"Tú... quieres decir si quiero cambiar", dije lentamente, "tendré que pensar en ...en ... ¿ese hombre?"

"No se trata de querer cambiar", dijo Fiona. "Tienes que poder Cambiar formas si quieres sobrevivir aquí. Y, al parecer, tendrás que pensar en los peores eventos de tu vida para hacer eso".

"Pero... pero ¿y si no puedo?" Le pregunte con algo de desespero en mi voz.

Si para ser una cambia formas de dragón necesitaba ver la cara del hombre rojo cuando cerraba los ojos o ver a mi madre agonizante en la acera o escuchar los gritos de las personas inocentes que había quemado en ese fuego, no quería volver a cambiar. Preferiría dejar que los Sealgaig me lleven antes que sentirme como lo hice antes de transformarme.

"Tendrás que encontrar una manera de lidiar con eso", dijo Fiona. "Al menos por ahora. Tal vez, eventualmente, con disciplina, podrás cambiar sin usar esos recuerdos. Pero, pasaran años. Por ahora, es más que suficiente que puedas cambiar. Eso es todo lo que se necesita".

"¿Qué quieres decir con eso?" Yo pregunté intrigada.

"Estoy diciendo que estás lista", respondió ella. "O, al menos lo suficientemente lista para lo que se necesita. Anunciaremos la ceremonia de apareamiento mañana".

Sentí como si mi corazón caía por un vacio. Hubo un tiempo en el que me hubiera sentido más que feliz que nunca con esta noticia. Pero ahora, una extraña sensación de temor me invadió.

"Pero... todavía no puedo cambiar a mi forma humana", le dije. "Dijiste al principio que sería peligroso si no tuviera el control completo sobre mis habilidades".

"Ese es un riesgo que tenemos que tomar", dijo. "Tenemos razones para creer que los Sealgaigs están cerca. Ya no podemos postergar la ceremonia".

"Pero-"

"No tiene punto que discutas ", dijo ella mostrándome la palma de su mano al final de su brazo extendido hacia mí, para detenerme. "Está decidido."

Antes de que pudiera abrir la boca para decir algo, se dio la vuelta y salió de la habitación antes de indicarme que la siguiera. Lo hice, sin discusión.

Me quedé en silencio mientras ella me llevaba de vuelta por las escaleras a mi habitación. Sabía que tratar de explicarle mis temores a Fiona no serviría de nada. Ella me enviaría a mi cuarto con un ademán de desprecio de sus manos.

Indistintamente a lo increíblemente hábil que ella era como cambia forma de dragón, era una completa mierda entendiendo las emociones humanas y teniendo empatía. Y ella ciertamente no toleraría ninguna objeción por mi parte ante cualquiera de sus decisiones.

Cuando salió de mi habitación, me hundí en mi cama tratando de pensar qué hacer.

Pensé en el miedo que había sentido como un dragón cuando no podía forzarme a volver a mi forma humana. Cuando mi mente fue apartada por algo violento y brutal que no reconocí.

¿Qué pasaría la próxima vez que me sintiera amenazada o asustada? Podría destruir todo a mi alrededor. Y, si Evander fuera mi compañero, probablemente estaría conmigo. ¿Y si le hago daño?

Recordé lo que hice con esos turistas en el castillo. No podría soportar vivir conmigo mismo si Evander sufriera la misma suerte que ellos.

Entonces, también recordé haber pensado en el hombre rojo. Recordé lo que me dijo Fiona. Cada vez que quiero cambiar, tengo que pensar en él. Sobre lo que le hizo a mi madre.

El único recuerdo que quiero olvidar desesperadamente es el que necesitaré si quiero vivir aquí.

Si quisiera vivir aquí.

Esa fue la clave.

Me senté en mi cama, mientras un plan se formaba en mi mente.

Si me marchara. Si me escapo de las tierras del clan, tal vez nunca tenga que cambiar de nuevo. No tendría que pensar en mi madre o en los horribles Sealgaigs.

A menos que, por supuesto, me encontraran. Pero, si lo hicieran, podría transformarme como hice justo ahora. Podría matarlos de la forma en que mataron a mi madre. Y, además, podría hacerlo por mi cuenta, sin ayuda de nadie.

Rápidamente, me moví al mueble donde estaba mi ropa. Sin pensarlo, guarde parte de ella mi mochila. Ni me percate de la cantidad de ropa que guardaba. Seguramente, podría encontrar más en el camino.

Sólo cuando me agaché para agarrar mis zapatos, vi la puerta.

Fue entonces cuando me acordé de Evander.

Probablemente vendría esta noche. Lo había hecho todas las noches anteriores. Sabía que se volvería loco si llegaba esta noche y no me encontrara.

Lentamente, me aparté de la puerta y me encontré hundiéndome en la silla en la que siempre estaba sentado junto a mi cama.

¿Cuántas noches había pasado aquí, hablando conmigo sobre todo y nada?

Anoche hablamos de Harry Potter. Sonreí cuando recordé la historia que me había contado. Acerca de él y tres de sus amigos tomando el jeep de su padre y escabulléndose en la ciudad más cercana para poder comprar el último libro apenas salió a la venta.

"Por supuesto, la maldita cosa se averió", dijo con una leve risa. En nuestro camino de regreso. Tuve que llamar a la tía Fiona para que viniera a buscarnos. Ella estaba más enojada de lo que jamás la había visto. Me castigó por dos meses, pero no importaba. Me senté en mi habitación leyendo el libro de principio a fin".

Mi sonrisa ante el recuerdo fue repentinamente templada por las lágrimas que corrían por mi mejilla. Si me marchaba, nunca lo volvería a ver. Y, lo que era peor, el nunca sabría por qué lo deje.

Rápidamente, alcancé un cuaderno en la cómoda al lado de mi cama. Apunté una nota. También tomé la última flor que me había dejado, la que estaba sentada en mi jarrón y la coloqué en la silla.

Me tomó todos los cinco minutos para vestirme. Recogí mi mochila, respiré profundamente y me dirigí hacia la puerta.

En el momento en que lo hice, la puerta se abrió casi golpeándome en la cabeza.

"¡Eli!" Dijo Evander tan pronto como me vio. "¿Te lastimé? ¿Qué estás haciendo?"

Vi como con su mirada detallaba mis jeans y mi camisa, así como mi mochila.

"Eli", dijo con una voz con un tono lleno de pesadumbre. "¿Qué estás haciendo? ¿Que está pasando?"

Lo miré y quise llorar en su hombro. Quería decirle todo lo que estaba pensando, todo lo que estaba sintiendo. Pero, supe en el momento en que hiciera eso, en el momento en que él pusiera sus brazos alrededor de mí, nunca querría dejarlo de nuevo. No tendría la fuerza necesaria para abandonarlo.

No. Tenía que alejarme de él lo más rápido posible.

"No puedo quedarme aquí", le dije rápidamente tratando de empujarlo para poder pasar.

"¿Qué quieres decir, Eli?", Preguntó. "¡Tienes que! Fiona dijo que lograste cambiar por tu cuenta. Ella dijo que estabas lista.

"Bueno, no lo estoy", le dije. "Y, ella no te lo dijo todo. No puedo cambiar de vuelta a mi forma humana. Y cuando me convierto en... tengo que pensar en él".

"¿Pensar en quien?" Preguntó.

"¡Sabes quién!" Dije, sintiendo como la ira y el miedo se alzaban dentro de mí. "Tengo que pensar en el hombre rojo para cambiar. No puedo hacerlo de otra manera".

Su rostro se suavizó y me dio una mirada larga y comprensiva. La que solía derretir mi corazón. Sabía que tenía que volverme inmune contra esa mirada.

"Eli..." comenzó a poner sus manos en mis hombros. Me alejé de forma agresiva de él.

"¡NO!" Le grite. "No puedo hacer esto. Tendrán que encontrar a alguien más".

Me dispuse a salir. Pero antes de que pudiera, lo sentí agarrar mi muñeca.

"No hay nadie más", susurró entre dientes, con ira contenida. "Si no te unes a nosotros, nuestro clan morirá".

"Ese no es mi problema", dije sacudiendo mi mano fuera de su alcance.

"Lo es, Eli", dijo con firmeza, "no importa si quieres admitirlo o no. Eres de nuestra gente. No podrás volver a vivir entre humanos normales".

"¿Por qué no?", Le pregunté iracundamente tratando de alejarme de él. Él me sostuvo con sus manos en los hombros.

"Porque no eres como ellos, Eli", dijo. "Siempre lo has sabido. No puedes huir de esa realidad".

"Tampoco puedo quedarme aquí", le dije. "Nadie estará a salvo mientras yo siga aquí".

"Tampoco estarás segura ahí fuera", dijo. "Ellos te encontrarán".

"Pues deja que me encuentren."

"No quieres decir eso, no hablas en serio".

"Si, lo hago. ¡Suéltame!

Finalmente, le di un empujón tan fuerte que cayó sentado en el piso de la habitación. Sentí que todo mi cuerpo se calentaba. Sentí que comenzó a verse embriagado de energía, tal como lo había hecho ese día en Edimburgo.

No fue hasta que miré a Evander y vi la sorpresa en sus ojos que sentí vergüenza dentro de mí.

La bestia había vuelto a salir. Esta vez, había sucedido con Evander. Eso era lo que había temido que pudiera pasar. Ahora había pasado.

Lo miré y abrí la boca, con una disculpa a medias en mis labios. Antes de que pudiera sacarlo, recordé lo que tenía que hacer. En lugar de decir nada, Salí corriendo, dejando a Evander sentado en el centro de la habitación, perplejo.

Corrí todo el tiempo mientras atravesaba el pueblo y volví a la carretera principal donde Evander y yo habíamos huido de los cazadores. Todavía estaba temblando, con lágrimas buscando emerger de mis ojos mientras llegaba al lugar donde el jeep de Evander se había averiado.

Apenas me había dado cuenta de que había dejado las tierras de Craig Clan cuando escuché un crujido en el arbusto detrás de mí.

Tan pronto como me di vuelta para mirar de donde venia el sonido, sentí un arma presionada contra mi sien.

"Haces un movimiento", dijo una voz baja. "Y Mueres".

Capítulo Once- Evander

"¡¿Tienes alguna idea de lo que has hecho?" La voz de mi tía recorrió la habitación y estaba seguro de que podía escucharse por las largas escaleras y el resto del Craig.

Sabía que no debía hablar. Mantuve la cabeza baja y me negué a mirarla. Ella se paró a mi lado mientras mi padre se sentó derecho en su cama frente a mí.

"Esa muchacha era la última esperanza que teníamos de continuar nuestra línea de sangre", susurró Fiona, llena de ira. "Sin ella, no nos queda nada, sin ella no hay esperanza".

"No creo que haya podido ir muy lejos", le digo, todavía mirando el suelo marrón y rocoso debajo de mis pies. "Si me dejas..."

"No."

Esta vez, no fue Fiona, sino la voz fría y clara de mi padre la que habló.

"Los Sealgaig te estarán esperando más allá de las tierras del clan", dijo. "No dudaron en atacarte otra vez. Incluso podrían usar a Eli como cebo para ponerte una trampa.

"Cuando nos encontraron en el camino, el hombre rojo dijo que no me haría daño".

Fiona dejó escapar un resoplido que sonaba a una mezcla entre una risita y un grito.

"Evander, sabes perfectamente que no debes confiar en un Sealgaig, jamás confíes en un cazador", dijo.

Especialmente uno tan fiero como el hombre rojo. Todo el mundo sabe que está dispuesto a arriesgarse a la maldición si tiene la oportunidad de acabar con la línea real de Craig".

La miré por primera vez desde que entré en la suite real. Mis manos se apretaron en puños a mi lado y pude sentir en mis bolsillos la nota apresurada de Eli, así como la pequeña margarita que me había dejado en la silla.

Después de que Eli nos abandono, esperé mucho más tiempo del que debía para que regresar corriendo a la suite real y alarmar a todos sobre la situación.

Sabía que ni mi tía ni mi padre verían con buenos ojos el hecho de que repetidamente me escabullía en la habitación de Eli. Particularmente porque yo estaba consciente de cuáles podrían ser las consecuencias. Y, poder mentir estaba fuera de discusión. Pa siempre había sido capaz de saber perfectamente cuando yo mentía. Él era capaz de leer mi cara, como yo podía leer la de Eli.

Ahora que estaba allí, frente a mi padre, diciéndoles la verdad, casi me arrepentía de tener que contarles eso. Ahora estaba seguro que debería haber huido con Eli.

¿Por qué no lo hice?

¿Un sentido del deber hacia mi familia? ¿El respeto que tenía por mi padre?

Ninguno de los dos era lo suficientemente fuerte como para obligarme a quedarme.

La verdad era que, en ese momento, sentado en la habitación de Eli, tenía miedo. Miedo en una parte de lo que tanto mi padre como mi tía temían. Que el Sealgaig arriesgara a sufrir la maldición si tuviera la oportunidad de matarme.

Y, si era honesto, tenía miedo en parte por lo que Eli podría hacer si la seguía.

Había visto cómo cambiaban sus ojos cuando me empujó al suelo, llena de ira. Había sentido el cambio en sus huesos a medida que se volvían fuertes, mucho más de lo que yo creía posible.

Sabía que ella casi había cambiado de forma allí mismo en esa habitación. Y, el miedo que notaba en sus ojos cuando me miró despavorida por lo que había hecho antes de salir corriendo me indico que no podía controlarlo. No en su totalidad, no todavía.

Si corría tras ella, cuando me pedía que no lo hiciera, podría matarme no solo a mí sino a todos en el Craig.

Una parte de mi simplemente quería dejarla ir. Intenté convencerme de que ella estaría bien sola, que no me necesitaba.

Pero luego recordé la mirada en sus ojos después de que ella me empujó hacia el piso. El miedo y el terror que sentía. Las lágrimas no derramadas que anunciaban sus ojos.

No podía, simplemente no podía, dejarla sola después de eso. Tenía que encontrarla Tenía que ser yo. El problema ahora, es que tenía que hacer que mi padre entendiera eso.

"Pa", dije en voz tan baja como pude tratar de reunir mis pensamientos. "Esto es mi culpa. No debería haber ido a su habitación. Déjame arreglar esto".

"Es un riesgo demasiado alto, hijo", dijo Da con firmeza. Sin embargo, un momento después, su rostro marcado se volvió más suave, casi comprensivo.

"Enviaré a un equipo de hombres a buscarla", dijo. "Saldrán tan pronto como salga el sol. En el momento en que regresen, les diré que vayan directamente a informarte a ti primero".

Miré con impaciencia la pequeña abertura en la suite real que permitía que la luz del exterior de la montaña brillara.

"El sol está comenzando a salir", le dije.

"¿Debo bajar y buscarlos, Douglas?" Preguntó Fiona.

"No" Dije. Todavía con mi mirada clavada al piso, y la mitad de una idea formándose dentro de mi mente. "Envíame a recogerlos".

Mi padre me miró, debajo de sus cicatrices rojas, pude ver sus pequeños ojos verdes estrechos.

"Por favor, Da", le dije. "Al menos déjame hacer eso"

La expresión escéptica permaneció en su rostro. En silencio, recé mil plegarias pidiendo a quienquiera que escuchara que mi padre aceptara esta propuesta.

"Fiona, ve con él", dijo finalmente.

Miré a mi tía que me miró fijamente. Mi corazón a latir rápidamente por la preocupación. La estrategia que apenas pude medio planificar de forma improvisada tenía que ser ajustada.

Mi tía hizo una profunda reverencia a mi padre, yo por mi lado incliné respetuosamente la cabeza. Tan pronto como lo hice, mi tía me agarró del brazo y me sacó bruscamente de la habitación.

"No pienses por un momento que te dejaré fuera de mi vista", dijo con severidad mientras me guiaba por los escalones. "Has hecho suficiente daño por un día. No necesitamos que además te maten".

No respondí, pero seguí mirando hacia el extremo sur de Craig, el lado donde estaba la entrada. Caminamos por las curvas en la roca hacia ella, y nos dirigimos al campamento de guerreros, donde dormían nuestras familias más fuertes.

Siempre estaban al frente del Craig para poder protegernos.

Pronto, sentí que la luz del sol brillaba sobre mí. La entrada amplia ante mí.

Tan rápido como me era posible, me aparté de las garras de Fiona y corrí hacia la entrada. Escuché sus pasos persiguiéndome, escuché su voz decir mi nombre desesperadamente.

Cuando llegué a la entrada, borré todo eso de mi mente. Cada sonido y cada pensamiento fueron apartados a favor del silencio que era el preludio antes del cambio. Sentí que mis brazos se alargaban, mis huesos se movían y se transformaban.

Cuando abrí los ojos, me estaba alejando del Craig y me dirigía hacia la carretera que daba al sur. Ese era el camino el cual yo estaba seguro que Eli había elegido.

Capítulo Doce- Eli

"¿Qué hacemos con ella?"

"Sólo tenemos que mantenerla aquí, supongo. Al menos hasta que el llegue aquí. De cualquier manera obtendremos nuestro dinero".

Escuché atentamente las voces con los ojos cerrados. Mi cabeza palpitaba como si hubiera sido golpeada con algo muy pesado. Podía sentir cuerdas apretadas cortándome la circulación de las manos y los tobillos.

"Va tarde", dijo la voz masculina. Era un tono de voz oscuro y profundo, su voz era gutural. Como las que había escuchado en el aeropuerto de Glasgow cuando llegué a Escocia por primera vez. "No puedo pasar todo el día de niñera. Si él no se presenta dentro de una hora, me voy. Puede quedarse con su dinero".

"No te detendré. Esto significa más para mí", dijo la segunda voz. Este era un tono de voz más agudo, más ligero y reconocí un acento que era mucho más inglés más que escocés.

Abrí los ojos y pude ver que estaba en la parte trasera de una camioneta oscura y vacía. El único mueble era la silla en la que estaba sentada, atada con las cuerdas que cortaban mi carne.

Otro sonido vino de afuera, giré mi cabeza hacia las puertas cerradas.

"Aquí viene", dijo la aguda voz inglesa. Él y su compañero deben haber estado parados justo afuera de la puerta. Podía escucharlos claramente.

El motor del coche se detuvo y oí el clic de una puerta.

"Escuché que tienes algo para mí".

La nueva voz que se unió al coro de voces envió un fuerte escalofrío por mi espina dorsal. Los pelos en mi cuello se levantaron y todo mi cuerpo comenzó a estremecerse.

"La encontramos caminando por la carretera alrededor de las cuatro de esta mañana", dijo la profunda voz escocesa. "Ella coincidió con la descripción que nos diste".

"Abre la puerta", dijo la nueva voz.

Quería apartar la mirada, pero no me atreví. En cambio, mantuve mis ojos fijos en esa puerta, sabiendo lo que encontraría cuando se abriera de par en par.

Con el clic revelador de la llave, las puertas de la camioneta se abrieron lentamente. Entrecerré los ojos brevemente cuando la luz del sol golpeó mis ojos que ya se habían acostumbrado a la oscuridad. Cuando se ajustaron, lo vi.

Sus ojos estaban cubiertos por un par de gafas de sol grandes, pero su cara larga y pálida era inconfundible. Este era el hombre rojo.

Mis ojos se agrandaron y todo mi cuerpo comenzó a temblar cuando él dobló su cuerpo largo y entró en la camioneta.

Intenté lo mejor que pude para recordar lo que Fiona me había dicho cuando el hombre rojo se dirigió hacia mi silla. Traté de pensar en lo que había hecho, para permitir que mi rabia me venciera. Permitir que me convierta para poder matarlo y volar de regreso al Craig. De vuelta a los brazos de Evander, donde ahora estaba consciente que pertenecía.

Pero, cuando sus ojos cubiertos me miraron directamente, todo lo que podía sentir era miedo. Mi cuerpo tembló y mi mente pareció tropezar sobre sí misma mientras buscaba cualquier otra emoción. Ira, odio, cualquier cosa que pudiera despertar mis poderes.

Se movió muy cerca de mí. Sentí su aliento putrefacto en mi cara y me aparté con un pequeño quejido.

"Sí", dijo. "Creo que me acuerdo de ti".

Extendió su mano pálida y huesuda para tocar mi pelo y me aparté de él.

"Tú eras la pequeña niña de aquella casa", dijo. "La última que queda en el linaje de los Draycen. Eso habría sido... oh, me imagino que hace unos dieciocho años".

Lentamente, levantó la mano y se quitó las gafas de sol. Mi respiración se acelero a la par de mi corazón e intenté retroceder luchando contra mis amarras.

Dejó escapar una carcajada que logro subir hasta sus extraños e inhumanos ojos rojos.

"Esto fue obra de tu padre", dijo, señalando con una mano sus brillantes pupilas rojas. "El fuego de su aliento llegó a mis ojos antes de que pudiera dispararle con una flecha. El te estaba protegiendo. O intentarlo, al menos".

Hice una mueca, cerré los ojos y aparté la mirada de él. Se acercó y pasó un largo dedo por mi mejilla.

"Quería matarte entonces. Pero Un par de turistas estadounidenses bastante entrometidos se acercaron a ti y llamaron a la policía antes de que tuviera la oportunidad. Paulson era su nombre si no me equivoco".

Dejé de resistirme de forma casi inmediata. Ante la mención del apellido de mis padres, giré mi cabeza y me encontré cara a cara con esos ojos horribles.

"No lo sabías, ¿verdad?", Preguntó, con una sonrisa siniestra que se deslizaba suavemente por su rostro. "Tus padres adoptivos nunca te dijeron lo que eras. En lo que te podías transformar. No tenías ni idea hasta ese día en el castillo."

Mi sangre corrió fría ante la mención del castillo. Busqué de nuevo lo que sentí ese día. Traté de recordar la sensación de mirar a este hombre mientras me agachaba sobre el cadáver de mi madre. Traté de recordar como llenaba mi alma la necesidad de venganza. Pero, todo lo que vino fue más miedo.

"Y todavía no puedes controlarlo", dijo con una risita burlona. "Sin embargo, decidiste que eras lo suficientemente grande e independiente como para dejar el Craig por tu cuenta. No fue una idea particularmente brillante".

"¿Qué vas a hacer?", Le pregunté. Quise que mi pregunta sonara insolente, incluso dura. Pero la verdad estaba casi avergonzada por lo pequeña y débil que sonaba mi voz.

"Por los momentos, nada "Dijo. "Estamos esperando que uno más de los tuyos se nos una."

Mi corazón se hundió profundo en mi pecho. Mis ojos casi se desorbitaron. Evander.

Yo sabia a quien se refería el hombre rojo. Si no lo había percibido antes, su sonrisa sardónica me lo confirmaba.

"¡JEFE!" La voz con acento escocés gritaba desde afuera de la van. "Tenemos algo aquí."

"¿Qué ocurre?" Preguntó el hombre rojo, sin mirar al hombre de acento escocés, pero manteniendo sus ojos fijos en mí.

"Parece un cambia formas. Un animal gigantesco volando directamente hacia nosotros".

El hombre rojo me sonrió de forma arrogante. Deje escapar un suspiro ahogado cuando él se agachó y sacó un cuchillo.

"Parece que tu novio ha venido por ti", dijo.

Comencé a forcejear cuando acerco el cuchillo. Sentí un pequeño escalofrío de alivio cuando cortó la cuerda en mis tobillos y mis muñecas.

Luego, me agarró del brazo y me sacó de la camioneta.

Cuando Salí y entré de lleno a la luz, vi lo que los dos hombres que estaban afuera miraban en el cielo. Desde la dirección del Craig que aún se alzaba sobre nosotros, un gran dragón verde venia volando raso hacia el lugar donde estábamos parados.

"No desperdicien sus balas", les dijo a los dos hombres. "No lo derribarán. Su piel es demasiado gruesa. Consigue las flechas. Esas son las únicas cosas que funcionarán".

Rápidamente, el inglés del traje gris, el más alto de los dos hombres, corrió hacia un carro plateado estacionado justo al lado de la camioneta.

Agarró un elegante arco con sus flechas. Cuando la bestia grande y verde volaba rápidamente hacia nosotros, apuntó la flecha hacia lo alto. La bestia ya estaba casi sobre nosotros, abriendo su gran boca cuando el inglés dejó volar su flecha.

Un gran rugido salió de la garganta de la bestia. Era tan fuerte que el suelo debajo de mí se sacudió.

La bestia, Evander, cayó repentinamente al suelo. En un instante, los gritos de las bestias comenzaron a sonar humanos. Vi como sus extremidades y huesos volvieron a encajar en su lugar.

Finalmente, Evander yacía completamente inmóvil en el suelo, un charco de sangre goteaba sobre el vidrio que se encontraba debajo de su lado derecho.

Un grito salió de mi garganta. Grité el nombre de Evander una vez, dos veces, tres veces antes de que un brazo grande se moviera para aplastarme la garganta con una maniobra de combate, haciéndome incapaz de seguir hablando. Agarraba en su mano un cuchillo. Estaba justo contra mi mejilla.

"Ve a verlo", dijo el hombre rojo. El escocés de voz más grave asintió y, con su arma extendida, se dirigió a Evander.

Sentí un pequeño indicio de alivio cuando vi a Evander mover su mano y levantarse con su brazo izquierdo.

Oí el CLICK que hace una pistola al cargar una bala en la recamara y el asesino escocés apunto con ella a Evander.

"¡No te muevas de nuevo!", Dijo. "Quédate boca abajo. O te disparo."

Los ojos de Evander se encontraron con los míos. Se abrieron de par en par cuando vieron al hombre rojo detrás de mí, con su cuchillo sostenido directamente contra mi garganta.

"Un movimiento más, Craig", dijo el hombre rojo detrás de mí, "O apenas intentes cambiarte de forma y ella muere. No creo que quieras eso".

"Qu-qué quieres?" Evander gruñó.

"Estoy dispuesto a hacer un trato", dijo el hombre rojo. "Haré que mis hombres te entreguen un arma. Si usas el arma para suicidarte, la chica puede salir libre".

"¿Y por qué haría eso?", Preguntó, sin aliento.

"Porque si no lo haces", dijo el hombre rojo. Sentí su mano presionar más fuerte contra mi garganta. "Tendrás asiento de primera fila para ver a tu amiguita morir degollada. La muerte de tu línea, el fin de tu clan ¿no es así? Bueno, supongo que es algo que pasara en cualquiera de los escenarios que tenemos ante nosotros".

Evander alejo la mirada de mis ojos y paso al hombre rojo y su cuchillo en mi garganta. Pude ver su mente dando vueltas sin poder pensar nada.

"Si me suicido," dijo lentamente. "¿Prometes que ella vivirá?"

"Tienes mi palabra", dijo el hombre rojo con una calma pasmosa.

Evander se lamió los labios y volvió sus ojos hacia mí. Lo miré directamente y supe, de repente, lo que iba a hacer. Intenté tanto como pude rogarle que no lo hiciera, intenté decirle que no valía la pena. Nada podría valer esto, nada podía valer ver a Evander morir frente a mi.

Él me dio una pequeña media sonrisa, luego miró al hombre rojo. Y asintió con la cabeza.

"¡No!" Grité. "Evander por favor-"

El brazo del hombre rojo presionó mi garganta de nuevo, causando que me atragantara con mis propias palabras.

"Eli, estaré bien", dijo.

El escocés al lado de Evander se volvió y miró al hombre rojo. Sentí que el hombre rojo le dio un gesto de aprobación al escocés. El hombre escocés asintió de vuelta y se giro hacia Evander.

Vi el arma que le tendió. Vi a Evander tomarla. Miré al lado de Evander, todavía goteando sangre en el suelo debajo de él.

De repente, cuando los ojos de Evander se cruzaron con los míos, cuando tomó el arma en la mano, no fue eso lo que podía ver. Lo que veía era a mi madre, vi los ojos de mi madre voltear a mirarme una última vez. Oí la voz de mi madre diciéndome que corriera.

Vi a mi madre dar su vida por mí. Pensé en el hombre detrás de mí que iba a obligar a Evander a hacer lo mismo.

De repente, la sensación que tenía en ese castillo me invadió. La rabia, el deseo de venganza me llenó. Cuando Evander levantó el arma lentamente hacia su propia cabeza, sentí que mi cuerpo se calentaba.

"¡Ella está tratando de cambiar a dragón!" Gritó el hombre rojo mientras cerraba los ojos. Agarró mis brazos para intentar detenerme pero era demasiado tarde.

La bestia era quien tenía el control ahora.

Capítulo trece- Evander

En el segundo que ella cerró los ojos, supe que estaba demasiado lejos para ser detenida.

Para cuando el hombre rojo trató de degollarla pasando su cuchillo por su garganta, ella estaba levantando su cuerpo grande y marrón del suelo. Alas extremadamente fuertes aleteaban rabiosas, ruidosas contra el viento.

Los dos asesinos a sueldo miraron a la criatura con la boca abierta y una mirada atónita en el rostro mientras el hombre rojo intentaba gritarles instrucciones.

"¡Las flechas!" Gritó. "¡Consíganme las flechas!"

Vi al hombre que me dio su arma se moverse torpemente hacia el arco y la flecha colocada a sus pies. Antes de que pudiera siguiera tocarla, levanté la mano que sostenía el arma y le disparé directamente en la cabeza.

El otro hombre volvió su arma hacia mí. Tan pronto como lo hizo, un poderoso rugido surco la noche y lo hizo gritar y volverse. Tan pronto como lo hizo, la bestia que era Eli abrió la boca.

Las llamas inmediatamente envolvieron al hombre más alto. Escuché sus gritos de dolor antes de ver el fuego que provenía de la boca de Eli disparado hacia mí. Me levanté dolorosamente y comencé a correr hacia la carretera. Cuando lo hice, vi al hombre rojo correr hacia mí.

El me empujó hacia abajo haciendo inevitable que terminara golpeando mi cabeza contra el duro suelo. Cuando me levanté de nuevo, vi que se había subido al coche plateado que, sin duda, era el que había conducido hasta aquí.

Arrancó el motor y giró el auto para encarar el extremo sur de la carretera. Eli lo siguió. Su vuelo fue tan raso que me vi obligada a tirarme al suelo de nuevo para evitar ser rasgado por sus garras.

Su feroz aliento siguió al coche del hombre, aunque las llamas no atravesaron la armadura del coche. Ella continuó volando detrás de él mientras él conducía más lejos por el camino.

Sabía que iría a la ciudad más cercana que pudiera. Y Eli, su mente fusionada con la bestia, solo pudiendo pensar y sentir deseo de venganza, lo seguiría.

Ella no podía controlar sus impulsos. No podía volver a cambiar sin que se le recitaran las palabras.

Me levanté una vez más del suelo y corrí detrás de ella, agarrando mi herida que sangraba por mí costado mientras emprendía la apresurada marcha.

Tan pronto como estuve lo suficientemente cerca como para saber que ella me escucharía, le dije las palabras.

"Garaimthuarais!"

No hizo ninguna diferencia. Todavía estaba concentrada en el auto, el hombre delante de ella. Estaba a pocos kilómetros del pueblo más cercano.

Tuve que detenerla, lo sabía.

"Eli!" La llamé desesperadamente. "Eli! ¡Por favor! ¡Regresa a mí!"

Para mi sorpresa, la bestia se detuvo en el aire, en pleno vuelo y se volvió hacia mí. Sus ojos parecían estrecharse en concentración como si ella estuviera tratando de imponerse, empujando a la bestia fuera de ella.

Ella necesitaba un empujón más.

De repente, recordé algo que mi padre solía susurrar a mi madre. Algo que solía calmarla cuando comenzaba a cambiar forma sin su voluntad.

"Thagolagum ort", la llamé.

Lentamente, ella bajó del aire y aterrizó sobre la suave hierba. Vi que los ojos de la bestia se cerraron para luego desaparecer.

Tan pronto como lo hice, corrí hacia ella, todavía haciendo una mueca de dolor y agarrando mi costado.

Ella yacía en el suelo, todavía desvanecida. Las quemaduras de cuerda se alinearon en sus muñecas y pude ver pequeñas gotas de sangre en su cuello donde el cuchillo del hombre rojo la había cortado.

"Eli", le susurré a ella. "Eli, ¿estás bien?"

Finalmente, ella se movió. Se dio la vuelta y me miró. Sus brillantes ojos verdes miraban brillantemente a los míos.

Le di una sonrisa llena de alivio y acerque mi mano a su cabellera para alisar su cabello.

"¿Qué fue eso?" Preguntó ella. Su voz delgada y vacilante.

"¿Qué fue qué?" Pregunté.

"Esas palabras que dijiste", respondió ella. "¿Qué significaban?"

Mi sonrisa se amplió mientras la miraba,

"Te amo", le susurré.

Ella sonrió y se dio la vuelta para que su cabeza descansara sobre mis rodillas.

"Yo también te amo", murmuró ella antes de cerrar los ojos, derrotada por el cansancio.

Capítulo catorce- Eli

"'S leatsamochridhegubràth".

Repetí la frase una y otra vez frente al espejo mientras e tiraba del suave vestido blanco que me habían regalado para la ceremonia.

Mis manos estaban, de nuevo, temblando. Pero, esta vez, era la fuerte emoción lo que hacía que los escalofríos recorrieran mi columna vertebral. Miré el reloj en la pared en lo que apenas Fiona comenzaba a llamarme desde la sala de espera.

Esa frase "S leatsamochridhegubrath" fue, afortunadamente, lo único que me exigirían que dijera durante la boda. Incluso después de repetirlo varias veces, no estaba seguro de haberlo dominado por completo.

Sin embargo, me dije a mí misma una gran verdad, que a Evander no le importaría. Él me amó como yo era.

Él me ama.

El solo pensamiento hizo que una amplia sonrisa se extendiera por mi cara y una ráfaga de mariposas brotara agradablemente de mi estómago.

Estaba a punto de casarme con un hombre que me amaba. Y, lo que es más, estaba a punto de casarme con un hombre a quien yo amaba.

Sentí la necesidad de reír a carcajadas. Cuando la puerta de la habitación se abrió de golpe, no pude sino sentir alivio de haber podido mantener la compostura hasta ese momento.

Me di vuelta y vi a Fiona, su rostro tan impasible como siempre, mirándome.

"Están listos para ti", dijo ella.

Tragué hondo e hice mi mejor esfuerzo para evitar que mis manos temblaran mientras me movía hacia ella. En silencio, tomó mi mano y me llevó fuera de la habitación, por un pasillo oscuro que terminaba en la caverna grande y vacía.

En este sitio era donde Fiona y yo habíamos hecho nuestro entrenamiento. Y me dijeron que solo el ministro, Evander, Fiona, Douglas y yo teníamos permitida la entrada en este día tan especial.

Cuando emergimos en la habitación, que tenía un gran agujero en la parte superior, permitiendo que la luz del sol se desvaneciera dentro, mi corazón se fue. Evander estaba de pie junto al ministro. Su padre estaba detrás de él, parado tembloroso en un andador.

Mi pulso comenzó a latir con fuerza y mis manos volvieron a temblar mientras avanzábamos hacia ellas.

Entonces, Evander atrapó mis ojos con su mirada y sonrió. Sentí que mi corazón se comenzaba a calmar cuando Fiona pasó mi mano de la de ella a la de Evander, moviéndose para estar a mi lado.

"Eres hermosa", me susurró Evander con una sonrisa. Sentí que un rubor subía por mis mejillas y mi sonrisa se ensanchaba más allá de lo creíble.

La ceremonia fue corta. Y, aparte de la frase gaélica ocasional, no parece desviarse de su servicio de bodas típico.

Cuando llegó el momento de cambiar los anillos, puse el anillo en el dedo de Evander.

"'S Lesta Mo Chridhegu brasa", dije apresuradamente, esperando con todas mis esperanzas haberlo hecho bien. La sonrisa divertida y la risa leve que venían de Evander y, de hecho, incluso del ministro, me dijeron que no lo había pronunciado correctamente.

Un rubor de vergüenza brotó en mí mientras baje apenada la mirada y mi corazón se desbocaba. Pero, cuando Evander apretó mi mano, miré sus ojos y mi pulso se asentó una vez más.

No pasó mucho tiempo antes de que Evander me empujara hacia adelante para nuestro primer beso como marido y mujer. O "compañeros de por vida", como nos llamaríamos de acuerdo a las tradiciones de los cambia forma de dragón.

"¿Y ahora qué hacemos?", Pregunté vacilante mientras el ministro salía de la caverna. Evander tomó mi brazo entre los suyos y lo siguió, y pude ver a Fiona ayudando al padre de Evander en la retaguardia.

Evander me miró con una sonrisa sugerente y levantó una ceja. Le di un codazo juguetonamente.

"Quiero decir antes de eso", le dije. "¿Cómo llegamos a la... la suite nupcial?".

"Eso será bastante fácil", dijo.

Y, antes de que pudiera protestar, me levanto usando sus brazos y me llevó a la caverna principal de Craig.

Hombres, mujeres y los pocos niños del clan habían alineado el camino hacia las escaleras talladas, como si esperaran un desfile. Cuando llegamos a donde estaban, comenzaron a aplaudir y vitorear como si esto, de hecho, fuera uno.

Escuché gritos de "¡Dios bendiga a la nueva dama!" Y "¡Nueva sangre para el clan!" Mientras Evander me llevaba hacia la escalera. Cuando llegamos a la suite, él, finalmente me bajó.

"Bueno, eso fue inusual", le dije, todavía sonrojándome un poco por la vergüenza.

"Es una antigua tradición", dijo Evander. "Cada vez que un cacique elige una compañera, él la lleva cargada y pasa a través del clan. Les hace sentirse parte de eso".

"Bueno", dije con una leve risita. "No verán nada de lo que ocurra a continuación".

Me sonrió juguetonamente antes de ir a la puerta y cerrarla.

"Ni en un millón de años", dijo regresando a mí. "Esta noche eres mía, solo mía, toda mía".

Se movió lentamente hacia mí. Me detuve en seco, justo enfrente de la cama, casi sin respirar.

Su aliento me hizo cosquillas en el cuello cuando extendió su mano para tocar mi mejilla. Finalmente, inclinó la cabeza hacia adelante y me besó. Suavemente al principio. Pero, cuando envolví mis brazos alrededor de él, sentí que la pasión y el fuego que lo caracterizaban regresaban con fuerza.

Envolvió sus brazos alrededor de mí y me presionó fuerte contra él. Sentí el bulto de su deseo presionando contra mi muslo. Sus manos al principio se enredaron en mi cabello y luego bajaron por mi cuerpo. Pasando sobre mis pechos, acariciando mis costados.

Gemí cuando él agarró mis glúteos y me subió a la cama. Me empujó sobre las almohadas y se arrastró hacia mí. Una sonrisa lujuriosa en su rostro.

Sentí un mar de desesperación inaudita dentro de mí.

"¿No te habías dado cuenta?", Dijo, tocando con suavidad mis vestidos de tela en mi hombro. "¿Los vestidos para la ceremonia de apareamiento están diseñados para ser fáciles de quitarse?"

Sentí una sonrisa juguetona en mis propios labios que no podía esconder, y la verdad, no deseaba disimular.

"¡Oh! ¿En verdad?", Le pregunté.

Con una sonrisa diabólica, agarró los hombros de mi vestido y lo bajó completamente, revelando mis pechos desnudos. Movió su mano para acariciar uno mientras avanzaba hacia mí para besar mis labios brevemente antes de pasar a mi cuello.

Pronto, sus labios estaban chupando mi clavícula, besando mi hombro hasta que finalmente, alcanzaron el pezón erecto de mi pecho.

Cuando rindió homenaje a mi pecho expuesto con su lengua, su otra mano se aventuro debajo de mi vestido.

"¡Oh!"

No pude evitar comenzar a jadear intensamente cuando él tocó mi cálido centro sobre la ropa interior que aún usaba. Sentí que todo mi cuerpo temblaba y se movía cuando él comenzó a tocar mi otro seno. Entonces, comenzó a besar mi estómago, bajando lentamente el vestido mientras lo hacía.

Sentí un escalofrío de anticipación cuando llegó a mis caderas. Levanté mi culo y mis piernas para permitirle quitar el vestido completamente.

Cuando el vestido cayó al suelo, su boca continuó su camino, deteniéndose justo en la parte superior de mi ropa interior, la cual ahora estaba completamente húmeda.

Él me miró con otra sonrisa y también bajó esa última barrera. Un pequeño sonido, a mitad de camino entre un gemido y un grito surgió de la parte de atrás de mi garganta cuando el aire frío golpeó mi carne caliente.

"¡Oh Dios!" Grité a la habitación. Evander había seguido su camino y su lengua comenzó a rendirme homenaje en el centro de mi deseo.

Sentí que mi cuerpo empezaba a tambalearse y electrificarse mientras me retorcía en la cama, haciendo ruidos que no sabía que era capaz de hacer.

"Evander", le dije. "Por favor, por favor..."

No sabía lo que estaba pidiendo. No tenía idea de por qué le estaba rogando. Me perdí completamente en la sensación de su cálida y húmeda lengua enterrada dentro de mí, me abandone completamente a mis sentidos.

Cuando finalmente grité de placer, sentí como si hubiera dejado mi cuerpo completamente atrás. Justo cuando sentía que bajaba de vuelta a mi cuerpo, Evander se enderezó y se puso una mano en el cinturón de su falda escocesa.

"No parece justo", dijo. "Estás acostada aquí, completamente desnuda, y yo todavía estoy completamente vestido".

"Bueno, tendrás que arreglar eso, ¿no te parece?", Le pregunté descaradamente mientras bajaba su kilt revelando un miembro apetitoso, muy largo, muy duro y erecto.

A continuación, desabotonó la camisa verde claro para revelar su cuerpo musculoso. Vi la luz que provenía de las lámparas en las paredes jugar contra su piel clara y, de repente, no quería nada más que tocarlo. Para sentir su piel contra la mía.

Al parecer, él sentía lo mismo. Se movió sobre mí en la cama y me besó suavemente en los labios.

Fue entonces cuando me congelé. Nunca antes había ido tan lejos con ningún hombre. No estaba segura de si sería doloroso moverme correctamente. No estaba segura de nada, de verdad.

Movió sus manos a mis muslos y comenzó a acariciarlos

"Te amo", dijo con suavidad, mirándome a los ojos. "Recuerda eso. No te haré daño".

Lentamente, asentí. Comprendiendo lo que me quería decir.

"Yo también te amo", le dije.

Me besó de nuevo y acto seguido pude sentirlo empujado su miembro dentro de mí.

Dejo escapar un pequeño grito. Debo admitir que fue doloroso al principio. Él debe haberse dado cuenta de eso. Se apartó y me miró con atención. Aunque permaneció dentro de mí, no se movió.

"¿Está bien?", Preguntó.

Lo miré y tragué saliva. Esos ojos me miraban, chispeaban, sus manos aún acariciaban mis hombros y, ahora, incluso estaba empezando a sentir el placer detrás del dolor de esa cosa dentro de mí.

Asentí, cogí la parte de atrás de su cabellera y lo besé de nuevo. Esta vez apasionadamente.

Lo sentí relajarse contra mí cuando comenzó a empujar dentro de mí. Me moví instintivamente con él y sentí que mi placer crecía con cada uno de mis movimientos.

Mi cuerpo, una vez más, comenzó a temblar mientras movía sus labios hacia mi oído.

"Dios, estas tan apretada", me susurró con una voz que no podía esconder su excitación. "Estas tan apretada y mojada para mí. ¿Tienes idea de cuánto tiempo he querido estar dentro de ti? "

Eso fue lo que termino de enviarme por el borde. Con un pequeño grito, me sentí como convulsionaba a su alrededor. Un momento después, soltó un grito en la habitación y me agarró ferozmente de mis hombros tirándome de su pecho, habíamos alcanzado el clímax prácticamente al unísono.

Casi se derrumbó encima de mí, pero se alejó en el último minuto. En cambio, me recogió en sus brazos.

Nos quedamos así durante mucho tiempo. Soñolientos y felices, envueltos juntos.

Pero no recuerdo cuando pensé en él. Puede haber sido horas, tal vez unos minutos más tarde.

El hombre rojo de repente vino a la mente. El hombre rojo que se había alejado de nosotros ayer por la mañana. El Hombre Rojo que sin duda nos perseguiría hasta que estuviéramos muertos.

"¿Evander?" Pregunté en voz baja.

"Hmm", dijo con voz somnolienta en respuesta.

"Estamos a salvo aquí, ¿verdad?"

Se dio la vuelta y me miró. Sus ojos brillaron con sinceridad mientras tocaba mi mejilla.

"Eli, lo prometo", dijo. "Nunca dejaré que nadie te lastime de nuevo".

"Ni yo a ti", le dije sonriéndole.

"Ja, te creo", dijo con otra sonrisa. Cuando me recogió de nuevo en sus brazos y cerró los ojos, también cerré los míos.

Por primera vez desde Edimburgo, aquí en los brazos de Evander, sabía que estaba a salvo.

FIN

www.ingramcontent.com/pod-product-compliance
Lightning Source LLC
LaVergne TN
LVHW091700070526
838199LV00050B/2221